마지막 입는 옷은 주머니가 없네

마지막 입는 옷엔 주머니가 없네

2005. 3. 28 / 1판 1쇄 발행
2008. 6. 20 / 1판 2쇄 발행
2011. 10. 11 / 2판 1쇄 발행
2011. 10. 15 / 2판 2쇄 발행
2020. 6. 30 / 3판 1쇄 발행

지은이_ 이설산

발행인_ 김용성

발행처_ 지우출판

등 록_ 2003년 8월19일 | 제9-118호

주 소_ 02441 서울시 동대문구 휘경로2길 3, 4층

전 화_ 962-9154

스님 연락처_ 010-5259-7898 / 02-303-0024

ISBN 978-89-91622-74-6   03800

정가_15,000원

마지막 입는 옷엔 주머니가 없네

이설산 지음

지우출판

인생이란 참으로 덧없다는 생각이 듭니다. 세월도 너
무나 빨리 지 나간 듯합니다. 후루루 은행잎은 지고 노을
도 언덕 너머로 저물어 갑 니다. 어제의 일도 부질없고,
내일 일은 기약할 수가 없습니다. 가노 라 하는 말도 이
르지 못하고 가노라 하는 듯이 텅 빈 인생, 알몸으로 와
서 빈손으로 가니 거기가 바로 고향이겠지요.

욕심도 버리고, 사랑하는 임도 버리고, 이름도 버리고
가느니, 제 돌아갈 집에 주머니 하나 지니지 못하고 가느
니 인생의 무상함을 어 찌 깨닫지 못하겠습니까? 그래도
제 인생 되돌아보면 사연 아닌 것도 없고, 눈물 아닌 것
도 없으니, 진정 우리가 이룬 것은 무엇인가요?

그대는 곳간을 얼마나 많이 채웠으며, 욕망의 성(城)
은 또 얼마나 견고한가요? 그대의 이름은 어디에 걸려

있는가요? 이 모두가 어리석 은 푸념입니다. 가득한 재물로 고향 가는 데 다리를 놓으려는가요?

튼튼한 욕망으로 돌아갈 집에 울타리를 치려는가요? 세상 안에서 얻은 이름의 광채를 주머니에 담아 갈 수 있나요? 모 두가 부질없는 일이 지요.

마지막 입는 옷에는 주머니가 없으니, 인생이 참으로 덧없 다 한들 어찌하겠습니까? 그저 가진 것 이웃에게 나누어주고, 고달픈 몸 내려 놓고, 남은 한 자락 힘도 세상에 고스란히 올 려놓을 일입니다.

사는 것이 무엇이냐고 물으신다면 베푸는 것이라고 말하겠 습니 다. 제가 아는 것 나누고, 가진 것 나누는 것이라고. 세 상을 위한 길이 라면 무엇인들 아까우리요. 그래도 모자라면 이 몸도 바쳐야지요.

몸이 닳도록 베풀다 가는 중생, 짊어진 바랑을 언제쯤 편히 내려놓 을까요?

백련사에서

2장 마지막 가는 길이 그러하듯이

3장 맑은 눈썹으로 세상을 씻고

4장 아름다운 사람 _헤드라인뉴스 선정

1장

그대 마음에 핀 우담바라

저는 아직도 전생에 지은 죄가 많아 세상에 베풀어야
할 사명이 남아 있습니다. 내 한 몸 세상을 위해 살다
가 바람처럼 떠나고자 한 약속을 깨뜨릴 수 없는 운명
입니다. 하여 작지만 그들을 위해 일해 오고 있는데 그
마저 그만둘 수는 없는 일입니다.

자리 바꾸어 앉을까요?

제가 아는 한 보살님은 자신이 상대에게 배려하지 못한 일로 평생의 한을 안게 되었다고 합니다. 그때 상대를 배려하지 못해 지금 그는 걸음도 걷지 못한 채 누워지내고 있다고 하니 평생의 한이 될 법도 합니다. 그분이 제게 들려준 이야기는 사소한 것이 얼마나 큰 결과를 가져오는지 새삼 깨닫게 합니다.

지난 1980년대 초, 당시 그분은 버스를 타고 출퇴근했습니다. 하루는 업무를 일찍 끝내고 퇴근하는 중이었습니다. 오후 4시쯤 퇴근길에 오른 그분은 늘 그렇듯이 버스에 올라탔습니다.

버스는 퇴근 시간 훨씬 전이어서 한산했습니다. 좌석이 많이 비어 있었고, 그분은 자신이 좋아하는 뒷좌석에 앉았지요. 그 자리에 앉으면 시야가 넓게 들어오기 때문이랍니다. 또한 앞좌석에 앉아 있는 사람들을 모두 살펴볼 수 있기 때문이기도 하답니다. 그래서 뒷좌석의 오른쪽 창가에 앉은 뒤 창문을 열고 시원한 바람을 쐬었습니다.

서울역을 지나면서 정류장마다 한두 사람씩 오르더니 용산에 이를 때쯤에는 거의 빈 좌석이 없을 정도가 되었습니다.

그런데 버스가 용산을 출발해 노량진 방향으로 향할 때였습니다. 그분 앞에 앉아 있던 아가씨가 그에게 자리를 좀 바꾸어 앉을 수 있겠느냐고 부탁했습니다. 그분은 모처럼 회사 일을 일찍 끝내고 뒷좌석에 편안하게 앉아 한가한 마음을 즐기는 중이었지요. 그런 그분에게 그런 제의를 했으니 불쾌했을 테지요.

"그냥 가시죠. 이 자리가 좋은걸요."

그분의 거절에 아가씨는 무안한 표정이었습니다. 한 정거장쯤 지나 아가씨가 다시 그분에게 자리를 바꾸어 앉을 수 없겠느냐고 간청했습니다. 건망증이 심해도 이렇게 심할 수가 있나요?

"죄송합니다. 제가 속이 답답해서 그래요. 토할 것만 같은데, 창문이 열리지 않아서요."

두 번의 요청에도 그는 시큰둥한 표정만 보냈지요. 자리를 바꾸어 앉는 거야 어려운 일도 아니죠. 하지만 그분은 그럴 마음이 서지 않았고, 그래서 아가씨의 처지를 무시해 버렸습니다. 그분이 얼굴을 찌푸리자 아가씨도 더 이상 말을 꺼내지 못했지요.

그런데 그때 그분과 같은 뒷좌석의 반대편 창가에 앉아 있던 청년이 자리에서 일어났습니다.

"괜찮으시면 제 자리에 앉으세요. 창문도 이렇게 열려 있어서 괜찮을 거예요."

청년의 제의에 아가씨는 고맙다며 인사하고, 두 사람은 서로 자리를 바꾸어 앉았지요. 그분은 자신이 부끄럽고 무안한 마음에 서둘러 눈을 감은 채, 어서 목적지에 도착하기만을 기다렸습니다.

청년과 아가씨가 자리를 바꾸어 앉은 지 채 1분이 되지 않았을 때 일이 일어나고 말았습니다. 그때 버스는 한강대교를 지나고 있었습니다. 그분은 열린 창가 쪽으로 고개를 내밀어 시원한 강바람을 쐬고 있었습니다.

그런데 갑자기 "쿵" 하는 소리가 들렸고, 그 순간 보살님은 정신을 잃고 말았습니다. 그분은 한참 만에 눈을 떴고, 주위를 살펴보니 중환자실이었습니다. 그리고 그 병실에는 그 아가씨도 보였습니다.

아가씨 말이, 우리가 탄 버스가 과속을 하다가 브레이크 고장을 일으켜 앞차를 들이받은 것이랍니다. 버스가 앞차와 부딪치면서 그 충격으로 버스의 뒷좌석에 앉아 있던 사람들이 다쳤고, 이렇게 병실에 누워 있는 거랍니다.

아가씨의 부상은 그분에 비해 경미했습니다. "그 청년은 어떻게 되었나요?"

버스 안에서의 무안한 기억 때문에 그 청년은 어떤지 물어보았는데, 천만다행으로 괜찮답니다.

보살님은 척추를 크게 다쳐 하반신 마비인 상태였고, 아가씨는 대퇴부가 골절되어 깁스를 한 상태로, 두 사람은 같은 병실에서 지냈습니다. 그런데 그분은 마음이 영 개운하지 않았습니다. 한 병실에서 아가씨와 얼굴을 마주하는 것이 부끄러워서였지요. 아가씨를 찾아오는 사람들과 눈을 마주치는 것도 애써 외면할 정도였으니까요.

사고가 난 지 일주일 후, 젊은 부부가 그 병실에 찾아왔고, 그아가씨에게 다가가더군요. 그런데 이런! 그 부부 중 남편 되는사람은 바로 아가씨와 자리를 바꾸어 앉은 그 청년입니다.

"늦게 찾아와서 죄송합니다. 제가 며칠 전에 결혼식을 올렸거든요. 방금 신혼 여행에서 돌아오는 길이에요."

청년이 미안한 표정으로 이렇게 말했고, 옆에 서 있는 신부가아가씨의 손을 잡았습니다.

"너무 죄송해요. 우리 신랑이 자리를 바꾸어 앉아서 그만 아가씨가 다쳤네요. 그리고 정말 고마워요. 신랑이 그 자리에 앉았다가 다쳤더라면 결혼식을 올리지도 못했을 뻔했으니까요. 아무쪼록 일찍 일어나시기 바랄게요. 그리고 자주 들를게요."

보살님은 옆 침대에 누워 이들의 이야기를 들으면서 가슴을

찍어 내려야 했습니다.

'자신이 자리를 바꾸어 앉았더라면 이처럼 불행한 일은 당하지 않았을 텐데⋯⋯.'

하지만 아무리 후회해도 소용없는 일이었습니다. 그때, 한순간 남을 배려하지 못한 벌이라고 하기에는 너무나 가혹한 형벌이었죠.

'그때, 잠시 양보했더라면 이런 불행은 없었을 텐데⋯⋯.'

이렇게 생각한들 무슨 소용이 있나요?

결혼을 앞둔 청년은 작은 선행으로 무사할 수 있었고, 하여 중대한 결혼도 탈 없이 치를 수 있었다는 사실은 우리에게 많은 것을 깨닫게 합니다. 남을 위한 사소한 배려 하나가 상대방에게는 큰 은혜를 안겨 줄 수 있으며, 자신에게는 덕을 쌓는 길이기도 합니다.

한순간도 남을 배려하는 마음을 잊어서는 안 된다는 진리가 바로 여기에 있지 않나 싶습니다.

한없이 소중한 부처님들

무료 급식소를 운영하기 전에 종묘 공원과 파고다 공원에서
여러 차례 무료 급식을 했지요. 그때 공원 관리자들은 저마다 자
기네 공원에서는 하지 않았으면 하는 눈치여서 다른 장소를 물색
하러 많은 곳을 오가기도 했지요.

그런데 무료 급식소를 한다고 하니 아무도 장소를 내주지 않
았습니다. 더러 성당에 찾아가 장소를 제공해 줄 수 없느냐고 간
청하기도 했습니다. 지금 생각하면 제가 생각해도 참 염치없는
일이지요. 제가 보기에 그 정도면 더없이 좋은 곳이라고 생각해
서 건물 주인에게 부탁하면 건물 가치가 떨어진다고 고개를 흔들

뿐입니다. 그렇게 여기저기 장소를 구하기 위해 발품을 판 것도
여러 해가 지났지요.

그때마다 처진 몸을 이끌고 돌아와 무릎을 꿇은 채 밤새워 기
도했습니다.

"이 보잘것없는 몸이 전생에 지은 죄가 너무나 많아 불쌍하고
가련한 대중을 보듬어야만 할 운명입니다. 하여 여기저기 살길을
마련하기 위해 돌아다닙니다. 어찌하면 좋겠습니까?"

같은 기도를 수없이 해도 돌아오는 것은 여전히 같은 대답입
니다.

"바보같이 왜 힘든 짐을 애써 짊어지려 하느냐? 남들처럼 편
하게 살 일이지."

이 대답에 제 마음속의 편안함이 고개를 내밉니다. 제 수행이
부족한 탓이지요.

저는 아직도 전생에 지은 죄가 많아 세상 사람들에게 베풀어
야 할 사명이 남아 있습니다. 내 한 몸 세상을 위해 살다가 바람
처럼 떠나고자 한 약속, 그 약속을 깨뜨릴 수 없는 운명입니다.
하여 작지만 그들을 위해 이런저런 일들을 해 오고 있는데 그것
마저 그만둘 수는 없는 일입니다. 바깥에 나가면 제 도움을 필요
로 하는 분들이 너무나 많습니다. 이 까닭에 그 수레바퀴를 멈출
수는 없는 법이라고 스스로 다짐하고 다짐하며 다시 새로운 새벽
을 맞습니다.

경제가 어려워지면서 밥을 굶는 분들이 많다는 이야기를 수없이 듣고, 그에 따라 마음도 몸도 피폐해진 분들이 부지기수라는 말을 들을 때마다 몸이 바빠졌습니다. 그래서 작정을 하고 성당을 찾기도 했습니다. 그 성당 장소가 마음에 들어 같은 수행자라는 동료 의식을 내세워 신부님께 부탁을 드렸지요. 그런데 역시 꺼려하기는 마찬가지였습니다.

그러던 중 이영숙이라고 자기를 소개한 보살님이 이 소식을 듣고 저를 찾아오셨습니다. 그분은 관세음보살 그대로이십니다. 아무런 대가도 없이 자기 건물을 무료로 빌려주시겠다고 하십니다. 이렇게 고마울 데가 있나요. 고맙고 고마워서 눈물이 쏟아졌습니다. 다른 사람한테 세놓으면 당장 적지 않은 돈이 들어올 텐데, 그 마음을 접고 제게 거저 빌려주시겠답니다. 부처님이시지요, 살아 계신 부처님이시지요. 그 마음 변할까 싶어 득달같이 달려가 계약하고, 청소를 하고, 서둘러 손을 본 뒤에 무료 급식을 시작했습니다. 가슴이 한없이 미어질 듯하더군요.

그렇게 무료 급식소를 열고 보니 어려운 게 한두 가지가 아니었습니다. 생각처럼 수월하지도 않았고, 제가 그만한 경제적 여건도 되지 못하다 보니 보람에 앞서 안타까움만 쌓였지요.

'고생을 자초하는구나.'

이런 생각도 없지 않았지요. 그럴 때마다 깜짝 놀라 제 살을 꼬집으며 기도를 드렸습니다. 그러자 대답이 들렸습니다.

"그대가 시작한 일이니 그대가 끝을 보라."

제 업이니 그대로 업을 받들라는 뜻이지요. 발에 불이 나도록 여기저기 뛰어다녀야 저도 사는 노릇인가 봅니다.

하루에도 몇 번씩 속으로 '힘들다.' 중얼거리다가도 땀 흘리며 일하는 자원봉사자분들을 볼 때마다 정신이 번쩍 듭니다. 더불어 비록 한 끼 식사이지만 맛있게 드시고 가시는 분들을 볼 때마다 힘이 생기고 보람을 느낍니다. 그렇게 내가 힘들어도 누군가를 위해 베푼다는 것은 참으로 좋은 일이요, 기쁨을 얻는 일임을 깨닫습니다.

하루는 일흔이 넘으신 할머니 한 분이 밥이 떨어진 후에 오셨습니다. 이미 점심 식사 시간이 한참 지나 밥을 새로 하기도 어중간했지요. 봉사하시는 분들도 한 분밖에 없는 터였죠. 우리가 어떻게 해야 하나 하는 표정이자 할머니께서 눈치를 채셨는지 밖에 나가 빵이나 사 먹겠다고 하십니다. 돈이라도 있으시냐고 웃으며 물었더니, 교통비만 남았는데 걸어갈 힘은 된다고 하십니다. 그런데 말씀하시는 것이 힘이 하나도 없습니다. 그냥 보낼 수 없는 노릇이지요. 나가시려는 할머니를 붙들어 앉힌 다음 밥통의 누룽지를 정성껏 긁어내어 콩나물국에 말아 드리자 맛있게 잡수십니다. 그 모습을 보는 저도 배가 부릅니다.

누룽지마저 없을 때는 여간 곤혹스러운 것이 아닙니다. 급식 시간이 한참이나 지난 뒤에 70대 할아버지 한 분이 오셔서 식사가 남았느냐 하십니다. 어쩔 수 없이 밥이 떨어지고 없다고 말씀드리자 어깨가 늘어지십니다. 물이나 마시고 가겠다면서 정수기 물을 다섯 컵이나 드십니다. 얼마나 허기가 졌으면 그럴까요? 생각할수록 목이 메입니다. 그 후로는 혹시나 싶어 라면을 박스로 준비해, 식사가 모자랄 때 라면을 끓여 드리기도 합니다.

점심 식사를 드시러 오시는 분들은 한결같이 힘겹게 사시는 분들입니다. 버려진 종이박스를 주워 생계를 이어가는 한 할머니는 아들이 정신병원에 입원했고 며느리는 가출했다고 합니다. 세 명의 손자 손녀를 혼자 키우는데, 그 형편이야 오죽하겠습니까? 동사무소 안을 청소한 다음 버려진 종이박스를 주워 하루 3천원 또는 4천 원을 버신다고 합니다. 노인정에서 편안히 쉬어야 할 분이 노인정을 청소해 주고 그 대가로 한 달에 3만 원을 받는

답니다. 그러기 위해서는 끼니도 거르게 마련입니다. 그래서인가요? 급식소에 와서는 많이 먹어야 한다며 밥을 가득가득 담아 달라고 주문하십니다.

찾아오시는 모든 분들이 저마다 기구한 사연을 안고 계십니다. 그래서 더욱 하루 두 끼, 아니 세 끼를 대접하고 싶은 마음이 간절합니다. 하지만 그럴 여건이 되지 못하는 제 형편이 안타까울 뿐입니다.

우리 급식소가 한 끼의 따뜻한 밥을 짓는 것도 중요하지만, 그보다 먼저 따뜻한 나눔의 장소가 되기를 진정으로 바랍니다. 급식소 안에서 서로 의지하고, 위로를 받으며, 마음의 문을 여는, 따뜻한 정과 사랑을 느끼는 공간이 되었으면 하고 바랍니다.

매일 오시던 할머니 한 분이 보이지 않아 혹시 무슨 일이라도 있나 싶었습니다. 그런데 그분이 며칠 뒤에 밝은 표정으로 돌아오셨습니다. 그래서 사연을 물었지요. 그랬더니 그분 말씀이, 제주도에서 수녀 생활을 하고 있는 작은딸한테 갔다가 구경 많이 하고 왔답니다. 그런데 급식소와 급식소의 친구들이 생각나서 더 쉬었다 가라는 딸의 권유도 뿌리치고 오셨다고 합니다. 이럴 때는 더없이 행복합니다. 밥 한 그릇보다 따뜻하고 배부른 정이 이 안에 있습니다.

쌀도 문제고 부족한 일손도 걱정입니다. 있는 사람들이야 쌀은 아무것도 아닐지 몰라도 한 끼의 식사로 하루를 버텨야 하는 분들께는 목숨과도 같습니다. 그리고 아무리 쌀이 많아도 손이 부족하면 꾸려 나갈 수 없지요. 200여 분의 식사를 꾸리는 데 얼마나 많은 일손이 필요한지 아시나요? 그럼에도 화내는 기색 하나 없이 봉사하시는 분들이 고마울 따름입니다. 이런 분들 때문에 메마른 사회가 이나마 유지되고 있는 것이 아닌가 싶습니다. 참으로 소중한 분들입니다.

급식소 운영에 도움을 주시는 많은 분들께 이 글을 빌어 진심으로 감사의 말씀을 드립니다. 여러분은 제가 평생 갚아야 할 빚입니다. 그 마음 어이 부처님이 아니겠습니까? 님들 앞에 천번만번 감사의 절을 올려도 은혜를 갚을 수는 없겠지요. 그럴수록 고마우신 분들입니다.

테레사 수녀를 만나다

나라 안팎으로 존경할 만한 인물이 메마른 시대에 누군가를 존경한다고 감히 말할 수 있기란 쉬운 일이 아니지요. 제가 아는 한 분이 박정희 전 대통령이 우리나라를 가난한 나라에서 부자 나라로 만들었기에 그분을 존경한다고 했다가 큰 봉변을 당했다고 해서 한참 동안 웃은 일도 있었습니다. 한 시대의 거물이라도 역사가 바뀌면 달리 해석될 여지가 많고, 생각하는 사람의 가치관이나 철학에 따라 그 사람의 평가도 다르기 마련입니다. 그러나 바뀌지 않는 것도 있습니다. 역사도 바뀌고 이론도 바뀌지만, 진리란 바뀌지 않는 법이지요. 또한 우리의 마음에 보편적으로 흐르는 정서 역시 절대로 바뀌지 않습니다.

제가 존경하는 분은 그와 같은 분이요, 인류의 정서 속에서 한 결같이 존경받는 인물입니다. 그분은 테레사 수녀이십니다. 스님이 수녀를 존경한다고 해서 이상한 일도 아닙니다. 그분의 자비로움과 사랑이 저를 감동하게 하고, 더구나 그분이 걸어온 생이 제가 나아갈 길이라면 그분이 무슨 일을 하든 그것은 하등 문제될 것이 없으니까요.

1981년, 테레사 수녀가 우리나라를 방문했을 때 그분을 가까이에서 만나 뵙고 감회에 벅차 눈물을 흘렸을 정도였습니다. 세계를 밝히는 정신적 지도자를 직접 눈앞에서 만나는 영광도 인연이거니 하고 생각했습니다.

그분의 고매한 인품에 말할 수 없는 애정을 느꼈지만, 그보다 부끄러움이 앞서기만 했습니다. 저 또한 수행자의 길을 걷는 터에, 그분과 비교하면 제가 한 일은 눈곱의 때만큼도 미치지 못하기 때문이었지요. 테레사 수녀의 주름진 얼굴과 거친 손마디는 자랑스러운 훈장처럼 여겨졌습니다. 그에 비하면 제 몸은 너무나 부유해 보이더군요.

테레사 수녀가 돌아간 뒤에 제 마음은 편하지 못했지요. 출가 수행자로서 깨달음을 위해 걸어왔을 뿐, 제 삶 속에서 이웃을 배려하는 마음은 없었기 때문이지요. 그때의 깨달음이란 부끄럽기 그지없었습니다. 더욱이 한창 젊은 제가, 사지육신이 멀쩡한 제가 내 한 몸의 깨달음만 얻고자 하는 것도 이기심이라는 생각이 들었습니다.

테레사 수녀를 만나기 전에도 물론 남을 위해 살고자 하는 마음은 가지고 있었지요.

'이웃과 사회를 위해서 무엇이라도 기여하자. 헐벗고 굶주리고 지친 이웃을 위해 내 작은 힘이나마 보탬이 되도록 하자.'

그런데 마음만 있을 뿐 정작 행동으로 옮기기는 쉽지 않았습니다. 마음을 다잡다가도 이런저런 핑계와 변명만 무성했을 뿐이었지요. 그런 무성의와 나태함도 숨길 수 없는 제 부끄러운 자화상이었습니다.

그런 마음이 그분을 만나면서 새로워졌고, 그것은 갈수록 간절해졌습니다.

'진정 내가 출가 수행한 승려라면 당장 도움이 필요한 이웃을 찾아 나서자.'

제 마음에 씨앗을 뿌린 것이지요. 그래서 구체적인 계획을 세우기 시작했고, 그런 과정을 통해 한국 불교 사회 봉사회가 탄생하고, 무료 합동결혼식과 천불 장학회로 이어졌습니다.

테레사 수녀는 인류의 존엄성을 빛낸 이 시대의 진정한 성녀로, 가난한 이들에게는 사랑의 표상이었습니다. 그분의 용기는 꺼져 가는 우리들의 삶을 충분히 지켜 주었습니다. 그분은 인류의 존엄성을 빛내주며, 자신을 인류에 온전히 바쳤습니다. 그분은 사랑을 실천한 자비의 화신이었을 뿐 아니라, 가난하고 소외된 이웃들에게 생명의 감로수를 준 보살이었지요.

그런 테레사 수녀가 1997년 9월 6일 새벽 1시, 87세의 나이로 세상을 떠났습니다. 성녀의 마지막 길에 세계가 함께 울었습니다. 인류가 눈시울을 적셨습니다. 그것은 인류의 위대한 한 사람을 잃은 슬픔이었습니다. 인도 캘커타 시내의 네타지 경기장에서 거행된 영결 미사에는 종교와 국적을 초월한 6천여 명의 조문객이 들어찼습니다.

마지막 장례 행렬에는 테레사 수녀가 생전에 돌본 장애인, 나환자, 고아, 부랑자, 걸인들이 비가 오는 날씨에도 아랑곳하지 않고 5킬로미터의 줄을 지었습니다. 장례식에 모인 150여만 명이 테레사 수녀의 거룩한 인생을 되새겼습니다.

테레사 수녀가 생전에 하신 말씀들 중에서 제게 특히 깊은 감명을 안겨 준 몇 구절을 소개하고자 합니다.

"진정한 사랑은 이것저것 재지 않습니다. 다만 줄 따름입니다. 아플 때까지 주십시오."

"기도하면 믿게 될 것입니다. 믿으면 사랑하게 되고 사랑하면 섬기게 될 것입니다."

"쌓아 두면 쌓아 둘수록 줄 수 있는 것이 적어집니다. 가진 것이 적을수록 나누는 방법을 제대로 알게 되지요."

세상을 위해 무엇인가를 하고자 하는 마음은 어느 누구나 같습니다. 그러나 마음만 앞설 뿐 아무것도 하지 않고 하지도 못합니다. 수백 번의 계획은 가능해도 단 한 번의 실천은 그만큼 어려운 법이지요. 대단한 각오가 아니면 실천하기가 어렵습니다. 이기심과 욕망이 커지고, 권력과 횡포가 난무하며, 나 자신과 내 가족만을 위해 살기에 급급한 이때, 청빈한 삶을 살다 간 테레사 수녀를 돌아보았으면 하는 마음이 간절합니다.

별장에서 함께 하는 베풂

저는 무료 급식소를 별장이라고 생각합니다. 날마다 급식소에 나가지만, 별장에 가는 것처럼 설레기만 합니다. 돈 많은 사람들의 별장이 어떻게 생겼는지 보지 않아서 모르겠지만, 우리 급식소는 세상 어느 곳보다 사랑이 넘칩니다. 그래서인가요? 여름에는 더없이 시원하고, 겨울에는 한없이 따뜻합니다.

저는 자원봉사자들과의 인연을 매우 소중하게 여깁니다. 그분들과의 인연이 오래오래 이어지기를 기원하고 기원합니다. 깨어 있을 때마다 무료 급식소가 보다 맑고 깨끗한 인연, 아름다운 쉼터, 나눔의 터가 되기를 빌고 있습니다. 이 마음이 전해졌을까요? 우리 급식소에서 자원봉사하시는 분들이 더없이 친절하고 형제자매 같은 분위기이니, 이를 보는 제가 존경심이 우러날 따름입니다.

어느 조직을 막론하고 담당자들의 불손한 태도가 대하는 사람을 불쾌하게 합니다. 서비스를 받아야 할 사람이 오히려 고개부터 숙여야 하는 현실이 가슴 아프기만 합니다. 이를 고친다고 애를 쓰는 모습이 안쓰럽기도 하지만 여전히 불쾌감이 앞서는 것은 제 혼자만의 푸념인가요? 이것은 공공 기관은 물론 작은 식당에서도 마찬가지입니다. '당신이 없어도 사는 데 지장이 없다.'는 배짱이 대단합니다. 서글픈 일이지요. 아량도 없고, 근본도 없고, 상식도 통하지 않으니 정말 가슴 아픈 일입니다.

그에 비하면 우리 급식소의 봉사자들은 천사들이요, 부처님이십니다. 그분들은 말보다 실천이 앞섭니다. 그분들은 친절과 정성을 몸에 안고 태어난 듯합니다. 살아온 날들이 그러하기에 자연스럽게 행동으로 우러난 것이겠지요. 그래서 급식소에 들르는 어르신들도 한 끼의 식사보다는 봉사자들과 함께하고자 하는 애틋한 정 때문에 오시는 경우가 많습니다. 이럴 때 저는 더없이 충만한 보람을 느낍니다. 어려운 사람들끼리 나누는 우애에 가슴이 뿌듯해집니다.

나눔을 베풀어 보지 못한 사람은 그런 기쁨을 알지 못합니다. 받는 것보다 남에게 주는 것이 얼마나 기쁘고 좋은지 해보지 않은 사람은 정말 모릅니다. 또한 가난해 보지 않은 사람은 가난한 사람의 심정을 모릅니다. 시궁창에 빠져 보지 않고서는 시궁창에 빠진 사람의 마음을 이해하기 어려운 것처럼 말입니다.

깨끗한 마음으로 보시를 행하면 이 세상이나 저 세상이나 그가 가는 곳에는 그림자처럼 복된 결과가 따르기 마련이지요. 그러므로 인색한 마음을 버리고 때가 묻지 않은 보시를 행해야 하고, 그러면 이승에 서나 저승에서나 기쁨을 맞이하는 법입니다.

가진 사람이든 가지지 않은 사람이든 베푸는 것을 즐기기를 권하고 권합니다. 권력이 있는 사람이든 약한 사람이든 이웃을 위해 베풀어 보세요. 저승 가는 길에 가지고 갈 수 있는 것은 아무것도 없습니다. 그러니 살아 있는 동안 베푸는 것을 아까워해서는 안 됩니다. 어느 누구를 막론하고 돌아갈 때는 주머니가 없는 수의 한 벌 얻어 입는 빈손이니까요.

우리를 부끄럽게 하는 뉴스

몇 해 전 텔레비전 뉴스에서 들은 이야기입니다. 하지만 그 내용의 충격이 너무나 커 지금도 제 기억 속에 생생하기만 합니다.

여든이 넘은 노모가 치매에 걸렸습니다. 정신이 이따금씩 흐려지는 정도였지만 자식들에게는 여간 문제가 아니었나 봅니다.

큰아들 내외는 작은아들도 자식이라며, 어머니를 작은아들네 집으로 보냈습니다. 노모의 야윈 손에는 큰아들이 쥐여준 교통비가 들려 있었지요. 큰아들은 혹시나 싶어 택시 기사에게 약도까지 적어 줄 정도였습니다. 그런데 작은아들 내외가 어머니를 받지 않았습니다. 작은아들 내외는 다시 멀리 사는 큰딸 집으로 어머니를 보냈지요. 택시 기사는 얼떨결에 작은아들로부터 돈을 받았고, 그렇게 큰딸 집으로 노인을 모셨습니다. 두 시간이 지나 큰딸의 집 앞에 도착했는데, 큰딸 내외도 어머니를 받지 않았지요. 노모 한 분을 두고 다들 몹쓸 물건을 다루듯이 합니다. 큰딸의 지시로 택시 기사는 다시 작은딸네로 향했습니다. 새벽이 다 되어서야 작은딸이 사는 십에 도착했습니다. 택시 기사는 돈을 받았고 쉬지 않고 운전을 하니 불만은 없지만, 그 집안의 모습에 너무나 어리둥절했지요. 그런데 작은딸도 반가워할 이유가 없습니다. 역시나 작은딸도 노모를 냉대했지요.

이쯤에서 딱해진 사람은 택시 기사였습니다. 하루종일 노인을 태우고 이리 갔다 저리 갔다 탁구공을 치듯이 했지만, 노인을 모시려는 자식이 한 명도 없으니 어떻게 해야 하나요? 택시 기사는 난처했습니다. 그렇다고 노인을 길거리에 버리고 갈 수도 없는 일이었습니다.

한참을 고민한 택시 기사는 노인을 첫 출발 장소인 큰아들 집으로 모시고 가기로 했습니다.

"이집 저집 가봐야 아무도 이분을 거두지 않으니 할 수 없이 다시 그쪽으로 모시고 갈 수밖에 없네요."

그렇게 큰아들에게 연락했지요. 그런데 큰아들의 대답이 어이가 없습니다.

"어디에 버리든지 기사 양반 마음대로 하세요."

택시 기사가 노인을 책임져야 하는 형편이 되어 버렸습니다.

'내 마음대로 하라니?'

하도 어이가 없어 아무 말도 하지 못한 채 멍하니 있던 택시 기사는 결국 그 노인을 모시고 방송국으로 향했지요.

세상이 이렇게 비정한가 싶습니다. 제 자식 낳았다고 동네방네 자랑하던 때가 엊그제 같은데 백발에다 허리는 굽고 몸은 망가지니 지난 세월이 무정하기만 합니다.

이것은 결코 남의 일이 아닙니다. 이런 일이 여러분께는 없으리라 자신할 수 있나요? 이렇게 생각하면 자식 낳았다고 자랑할 일도 아닌가 싶습니다.

저는 결혼식 주례를 할 때마다 부모님께 효도하라는 말을 빼놓지 않습니다. 효는 충의 근본이요, 백 가지 행동의 근본이기 때문에 이를 빼놓을 수 없지요. 자식이 부모를 섬기는 것은 자식된 도리요, 나아가 사람으로서의 당연한 도리입니다. 부모님께 불효하면 제 자식도 불효하는 법입니다. 이것이야말로 살아 있는 교육이자 인과응보입니다. 자신이 쌓은 죄가 업이 되는 것이지요. 더구나 우리는 언제나 젊음을 누리는 것은 아닙니다. 오히려 젊음은 너무나 빨리 지나갑니다.

우리 민족은 아무리 어렵게 살아도 부모님 공양은 결코 소홀히 하지 않았습니다. 우리는 이런 미덕을 지닌 민족입니다. 지금은 사는 것도 그때보다야 훨씬 낫지 않은가요? 그런데도 노인들의 사정은 더욱 나빠졌다고 하니 가슴이 아픕니다. 이웃 어른은 고사하고 낳아 준 제 부모도 공경하지 않으니 그네들의 노후가 걱정입니다.

65세 이상의 노령 인구가 차지하는 비중이 전체 인구의 5.5%라고 합니다. 갈수록 노령화 사회로 진입하는 것은 당연합니다. 따라서 국가적 차원에서 그에 맞는 대책을 마련하는 일이 시급합니다. 이 땅의 노인들은 지독한 고생을 이겨내고 마침내 이 나라를 이룩한 주역들입니다. 따라서 그에 어울리는 대접을 받아야 하는 것도 당연합니다. 그러나 현실은 그렇지 못합니다. 제가 오히려 민망할 정도입니다.

노인 문제는 4고(四苦)라고 말합니다. 빈곤, 질병, 역할 상실, 고독이 그것이지요. 이 네 가지는 따로따로 있는 것이 아니라 한데 존재합니다. 빈곤이 오면 당연히 질병도 문제가 됩니다. 역할 상실에 이르면 고독이 따르는 법이지요. 이는 무서운 고통의 씨앗입니다. 노인의 적이 바로 4고입니다. 그러니 거국적인 대책 마련이 시급한 것이지요.

어른을 공경하지 않는다면 그 어떤 위업도 한낱 치장에 불과할 뿐입니다. 노인을 공경해야 한다고 목소리를 높이기보다는 스스로 노인을 공경하고 받드는 모습을 보여야 합니다. 이렇게 본다면 우리는 아직 너무나 모자랍니다. 무임승차나 담뱃값 정도로는 인간으로서의 권리를 결코 누리지 못한다는 사실을 여러분 모두가 이해해 주었으면 합니다.

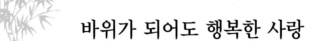

바위가 되어도 행복한 사랑

의상의 사랑은 슬픕니다. 우우 우는 바람처럼 애절하기만 합니다. 끊어진 절벽에서도 붙들지 못한 통곡의 노래가 뱃전에 부서집니다.

"사랑하오, 사랑하오."

여인의 절규는 바다에 막힙니다. 바다 끝으로 멀어지는 임에 대한 마음이 사무쳐 몸을 던졌고, 죽어서도 그 마음 온전히 용이 되어 뱃길을 가르며 임을 따릅니다. 나를 버리고서야 닿을 수 있는 마음이 애달프기만 합니다.

사랑은 서글픈 것, 그래도 사랑이 아름다움인 것은 처절하기 때문입니다. 처절한 사랑을 해보지 못한 사람은 그 마음을 이해하지 못합니다. 서글픈 것이 아름답다는 애달픈 사랑 노래를 결코 들을 수 없을 테지요. 천년의 세월을 가로질러도 여전한 사랑, 그래서 우리는 아직도 그 사랑의 넋을 위로하고 있습니다. 그 넋을 위로하고자 저 역시 지금 이 글을 남깁니다.

의상은 불법에 뜻을 두고 당나라에서 공부할 것을 결심했습니다. 그것은 외롭고 힘든 길이며 위험한 길이기도 했습니다. 산중에서 노숙도 하며, 어둠 속에서 해골에 고인 물을 마시기도 했습니다.

우여곡절 끝에 산동반도의 북쪽에 위치한 등주에 도착해서 그곳에 사는 한 주민의 집에 거처했습니다. 그 집에는 선묘라는 이름의 아름다운 처녀가 살고 있었습니다. 의상이 그 집에 머무는 동안 그녀는 의상을 흠모했습니다. 하지만 의상은 불법을 닦는 몸인지라 여자를 가까이할 수 없었지요. 하여 의상은 그녀의 마음을 알아도 모른 채 멀리했습니다.

의상은 끝내 거처를 옮겨 적산에 위치한 사찰에 머물기로 합니다. 그는 아침저녁으로 탁발을 나서는데, 그녀는 의상에게 가까이 가지 못한 채 먼발치에서 흠모의 정만 한층 깊어 갔지요. 그녀는 의상을 사모하는 애끓는 마음을 전하려 했지만 끝내 이루지 못했습니다. 의상이 당나라의 수도인 장안으로 떠났기 때문입니다.

의상은 장안에서 10년간의 공부를 마치고 귀국 길에 오릅니다. 그녀는 의상이 불교 공부를 무사히 마치고 귀국 길에 오르기 위해 등주의 항구에 온다는 소문을 듣고는 손수 법복을 지었습니다. 그리고 의상이 등주에 도착한 날, 그에게 법복을 전하기 위해 바다에 나갔습니다. 그런데 그녀가 바다에 도착했을 때는 이미 의상을 태운 배가 항구를 떠나는 순간이었습니다.

달리 제 마음을 보낼 방법이 없는 그녀는 법복을 바다를 향하는 배 쪽으로 던졌습니다. 그러자 법복은 날개가 달린 듯이 무사히 의상의 품에 안겼습니다. 그녀는 멀리 사라지는 배를 바라보면서 의상이 무사히 바다를 지날 수 있도록 부처님께 빌었습니다.

그녀는 의상과 함께 갈 수 없는 자신의 처지에 가슴이 찢어지는 듯했습니다. 사모하는 임과 함께 갈 수만 있다면 얼마나 좋을까요? 하여 그녀는 바다에 몸을 던졌습니다. 그런데 하늘이 이에 감응해서 그녀는 용이 되었습니다. 용이 된 그녀는 의상이 탄 배를 호위하면서 신라까지 무사히 닿도록 보살폈지요. 의상은 그가 탄 배가 너무나 수월하게 바다를 건너는 것이 의아하게 여겼는데, 신라 땅에 닿고서야 그 사실을 알게 되었습니다.

의상은 귀국하자마자 서둘러 양양에 낙산사를 세웠습니다. 모든 일이 계획대로 수월하게 진행되었습니다. 이어 두 번째 절을 세울 때였습니다. 절을 지으려 하자 그곳 스님들의 반대가 심했습니다. 의상은 부처님께 어려움을 호소했습니다. 그런데 하늘에서 용이 나타나 사흘 동안 공중에 머물며 반대하는 스님들을 호령했습니다. 이에 스님들의 목소리도 잦아들었고, 무사히 절을 세웠습니다. 용은 이어 바위가 되어 땅에 내려앉았습니다. 그리하여 의상은 사찰의 이름을 공중에 돌이 떠 있는 절이라 해서 부석사라고 칭했다고 합니다.

이처럼 죽어서도 변하지 않는 그녀의 사랑에 가슴을 여밉니다.

인스턴트 사랑이 난무하는 오늘날, 선묘를 통해 진정한 사랑의 의미를 되새기고자 합니다. 그녀는 의상의 품 안에 안기지 못했지만, 끝까지 의상에 대한 자신의 마음을 버리지 않았고 영혼까지 온전히 그를 위해 바쳤습니다. 의상 또한 자신을 향해 영혼을 바친 여인의 뜻을 기려 사찰을 세웠습니다.

밀려오는 인연을 뿌리치지 못해 맺어진 세상 사람들도 이와 같은 여래의 마음이 깃들어 바라밀의 세계에 이르기를 바랍니다.

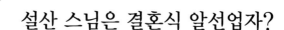

설산 스님은 결혼식 알선업자?

결혼은 인생을 시작하는 성대하고 숭고한 절차입니다. 남자와 여자가 반려자로 만나 평생의 인연을 맺는다는 것은 더할 나위 없이 소중한 일이지요. 그래서 결혼식이란 모든 이들의 축복을 받아야 할 일생의 큰일입니다.

그런데 주변을 둘러보면 결혼식을 치르지 못한 채 인생을 출발하는 이들도 적지 않습니다. 그들은 대개 어려운 가정환경이나 어쩔 수 없는 사정 때문에 결혼식이라는 절차 없이, 많은 이들의 축복도 받지 못한 채 부부의 인연을 맺고 있습니다. 이런 부부를 처음 접한 것은 25년 전이지요.

한 신도의 집을 방문했는데, 집 안에 걸린 결혼사진이 눈에 들어왔습니다. 그런데 그 모습이 어색했습니다. 그래서 자세히 보니 젊은 남자가 서 있는 사진 옆에 젊은 여자의 사진을 오려 붙인 것이었습니다. 누가 오려 붙인 사진을 집 안에 걸어 둘까요? 어이가 없기도 하고 궁금하기도 해서 집주인에게 이유를 물었습니다.

그러자 그분이 이렇게 말씀하십니다.

"돈이 없어서 결혼식을 올리지 못하고 지금껏 살고 있습니다. 그렇게 살다 보니 제대로 된 사진 한 장 찍지도 못해……."

그 말에 측은한 마음이 들었고, 해서 얼마 뒤 이 부부의 결혼식을 올려 주었지요.

그날, 두 분의 좋아하는 모습과 뜨거운 눈물을 보았습니다. 물론 그 모습을 보는 저는 안타까우면서도 가슴 한편이 뿌듯했습니다. 이렇게 시작한 일이 업이 되었고, 지금은 천직으로 받아들이고 있습니다. 그날 이후 합동결혼식을 시작했고, 그 2년 뒤에는 영혼결혼식도 시작해서 지금까지 무료 합동결혼식이 천여 쌍에 이르고, 무료 영혼결혼식을 치른 것도 500여 쌍에 이릅니다. 그래서 주변에서 저를 '결혼식 알선업자'라고 부르지요.

'결혼식 알선업자?'

생각하면 생각할수록 여간 기분 좋은 것이 아닙니다.

어느 세상이나 누군가의 보살핌이 필요한 사람들은 있고, 그런 사람들이 많을수록 종교인들이 나서는 것은 당연한 일이지요.

저는 한목숨 다할 때까지 이 일을 게을리하지 않으리라 다짐하고 다짐합니다. 그래서 누군가에게 작은 힘이나마 보탬을 줄 수 있다면 그것만으로도 제게는 행복한 일이지요. 무료 결혼식뿐 아니라 세상의 후미진 곳에서 움츠리며 살아가는 이들을 위하는 일에 어찌 수행자로서 주저하겠습니까?

작지만 더없이 큰 손, 대니 서

    누구나 의미 있는 사람이고 싶어 합니다. 세상을 위해 무엇인가 의미 있는 일을 하고 싶은 마음은 간절합니다. 하지만 생각만큼 행동으로 옮기기가 어렵지요. 25년 전에는 저 역시 그런 마음이 굴뚝같았지만, 몸으로 부대끼지는 못했습니다. 마음이 몸으로 이어진 것은 테레사 수녀를 뵙고 난 다음이었지요.

    세상을 바꾸는 일이 쉬운 일은 아니지만, '우공이 산을 옮긴다.'라는 말처럼 어리석을 정도로 각오하고 덤벼들면 하지 못할 일도 없지요. 아름드리 소나무도 처음에는 작은 씨앗 한 톨로 시작했고, 거대한 황하도 이슬 한 방울 한 방울이 모여 이루어졌습니다. 이처럼 작은 실천 하나가 세상을 조금씩 변화시켜 가는 것입니다.

몇 년 전, 한국계 미국인인 대니 서가 우리나라에 다녀갔지요. 그는 젊은 나이에 세계가 깜짝 놀랄 일을 했습니다. 그는 12살 때부터 세상을 바꾸는 일에 앞장섰습니다. 텔레비전에서 동물을 학살하는 장면을 보고 충격을 받았습니다. 이에 동물 학대를 반대하는 모임인 '지구 2000'을 만들었습니다.

그는 12번째 생일을 맞아 친구들에게 지구 2000의 회원이 될

것을 권했고, 그것을 생일 선물로 받고 싶다고 말했습니다. 그렇게 자신이 낸 10달러에 친구들이 모은 23달러 57센트로 시작한 지구 2000은 그가 19번째 생일을 맞았을 때 회원이 2만 6천여 명에 달했고, 미국 최대의 청소년 환경 단체로 성장했습니다.

대니 서는 고등학교를 170명 중 169위의 성적으

로 졸업했습니다. 그러나 그에게는 1등보다 높은 신념이 있었습니다. 성적은 세상을 의미 있게 사는 것과 아무런 연관이 없습니다. 그가 하는 일은 성적으로 따질 수 없을 만큼 더없이 감동적이고 위대합니다. 신념이 강한 청년, 마음이 따뜻하고 아름다운 청년, 그래서 저는 그 어린 대니 서를 더없이 존경합니다.

한 명의 올바른 의식과 참여는 사회를 움직이는 중요한 단초가 되지요. 이것은 봉사하는 마음이 없으면 불가능합니다. 모두가 물질주의에 빠져 물질적인 가치를 앞세우는 데 혈안이 되어 있는 이때 대니 서의 용기 있고 의미 있는 선택에 경의를 표합니다. 대니 서는 특별한 사람이 아닙니다. 너무나 평범해서 있는지조차 몰랐던 아이, 그러나 그는 이제 너무나 특별합니다. 우리는 모두 마음먹기에 따라 대니 서처럼 될 수 있지요. 스스로 하기 나름입니다.

이 새벽, 대니 서 같은 사람들이 많이 나오는 사회가 되었으면 하는 마음에서 이 글을 씁니다.

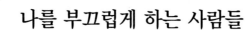

나를 부끄럽게 하는 사람들

어느 잡지에서 읽은 이야기가 생각납니다.

어린 딸애가 친구를 집에 데려와 놀고 있었습니다. 저녁이 되고, 장사 나간 엄마가 돌아오자 놀고 있던 친구들이 시무룩한 표정을 지으며 다들 자기 집으로 돌아갔습니다.

엄마가 딸애한테 물었습니다.

"어떻게 사귄 친구들이니?"

그러자 딸애가 이렇게 말합니다.

"같은 반 아이들인데, 내가 같이 놀아 주지 않으면 놀아 줄 친구가 없어요."

엄마는 갑자기 얼굴이 붉어졌습니다. 시선을 둘 데가 없어 멍하니 창밖을 바라보기만 했습니다. 딸애의 착한 마음에 자신이 부끄러웠던 것입니다.

얼음장 밑으로 맑은 물이 흐릅니다. 세상이 아무리 각박해도 맑은 물처럼 조용히 가치 있게 살아가는 사람들이 많습니다. 누가 알아주지 않아도 그렇게 맑은 물은 소리 없이 흐르지요. 생각해 보면 내가 세상에 베푼 것보다 세상이 나한테 베푸는 것이 많습니다.

혹시라도 자원봉사 활동이 나를 만족시키기 위한 도구로 오용되고 있지는 않는지 생각해 보기도 합니다. 자원봉사는 내가 남을 도와주는 것이 아니라 그들이 나를 돕기 위한 기회를 마련해 주고 있는 것이라고 생각합니다. 남을 도와주면 도움을 받는 쪽과 주는 쪽이 모두 풍요로워지는 것이 나눔의 덕입니다.

아름답게 사는 일은 베풀면서 사는 것이라고 확신합니다. 그런데 베푸는 것도 부담이 될 때가 있습니다. 선행을 위선으로 왜곡해서 바라보는 곱지 않은 시선들도 더러 있기 때문입니다. '동냥은 못 줄망정 쪽박은 깨지 말라'는 속담처럼 남을 도울 수 없다면 그에게 해는 끼치지 말아야 합니다.

힘이 들 때는 차라리 이 버거운 짐을 내리고 참선과 포교에 전념하고 살면 될 터인데 무엇 때문에 사서 고생하는지 하는 생각도 합니다.

"스님 잘못 만나 고생길에 들었습니다."

자원봉사자 한 분이 우스갯소리를 합니다. 우스갯소리이기는 하지만 힘들기 때문에 그런 말도 나오는 것이겠지요.

그럴 때 저는 이러지요.

"간단해요. 절을 옮기고, 스님을 바꾸면 됩니다."

이렇게 저도 농담으로 받지만, 가슴이 미이지는 것은 어쩔 수 없나 봅니다. 그래서 말은 하지 못하고 속으로 용서를 빌기도 합니다.

"제가 못나 그럽니다, 보살님."

저는 처음 봉사 단체를 만들 때 부처님께 약속했습니다. 우리 사회를 위해 무엇인가 한 가지 제대로 하고 죽겠노라고. 그 약속을 지키려고 많은 분들을 힘들게 하는 이 못난 사람을 불쌍히 여기는 마음으로 용서해 주시기를 바랍니다. 남을 돕는 것이 나를 돕는 것이지요. 이 진리 깨닫기 위해 묵묵히 제 일을 할 따름입니다.

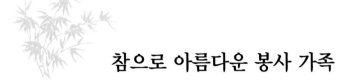

참으로 아름다운 봉사 가족

어머니와 아들, 모자간에 봉사하는 경우는 그리 흔한 일이 아닙니다. 그런데 지난해 8월인가 어머니와 아들이 무료 급식에 봉사하러 왔습니다. 처음 봉사해 보는 눈치인데, 노인들의 식사하는 모습을 여간 눈여겨보는 것이 아닙니다. 어머니는 돌아가신 친정어머니 생각이 난다며 눈물을 글썽입니다. 중학생인 아들도 새삼 이런 광경을 목격하며 가슴이 뜨거워진 모양입니다.

봉사를 마치고 돌아가는 길에 봉사 후원자 모집 용지를 한 장 가지고 가더니 며칠 뒤에 그 어머니에게서 전화가 왔습니다. 그동안 많은 것을 너무 모르고 지냈다며, 도움이 필요한 노인들이 이렇게 많다는 사실을 새삼 느꼈다는 것입니다. 그러면서 매달 5만 원의 후원금을 보내겠다고 약속했습니다. 관심을 가져주신 것만으로도 고마운데, 거기다 후원금까지 보내 주겠다고 하니 참으로 고맙고 고마운 일입니다.

며칠 뒤에 그분에게서 또 전화가 왔습니다. 봉사하시는 분들은 목소리도 천사처럼 곱습니다. 정말 제 귀에는 천사의 목소리처럼 들립니다. 그런 목소리를 듣는 것이 더없이 행복합니다. 그분은 전화에 대고 기쁨을 감추지 못합니다. 무슨 대단한 일이 있나 싶었죠.

"무슨 좋은 일이 있으세요?"

"저번에 봉사하고 돌아온 아들이 용돈을 아껴서 만 원씩 후원금을 내겠다고 약속했다지 뭐예요."

정말 기쁨을 감추지 못할 만한 일입니다. 그 학생이 기특하기만 합니다. 봉사할 때 보면 어린 학생이 어떻게 저리도 진지할 수 있나 싶더니 그런 결정까지 한 모양입니다. 그런 전화를 받은 제 마음도 뿌듯하면서도 한편으로는 애틋한 느낌이 듭니다. 버스 요금도 아깝다고 걸어다니는 구두쇠 아들이 화장실 청소까지 하면서 받은 용돈을 후원금으로 내놓겠다니 제 입장에서는 송구할 따름입니다.

지금 어머니와 아들은 처음의 약속을 실천하고 있는 중입니다. 어머니는 아들을 대견해하고, 아들은 어머니를 더욱 존경하고 사랑하는 표정이 역력합니다. 봉사하러 올 때의 표정도 처음보다 확연히 달라졌습니다. 이제 그 두 분은 어엿한 봉사회 식구가 되었고, 처음처럼 어색한 분위기도 찾아볼 수가 없습니다. 오히려 봉사하는 내내 활기가 넘쳐, 보는 사람이면 누구나 흥겨운 마음이 절로 납니다.

제가 보기에 가정 형편이 넉넉해 보이지는 않습니다. 그래서 더욱 존경하는 마음이 우러납니다. 더구나 중학생 아들과 그 어머니가 보내는 후원금 6만 원은 결코 값으로 따질 수가 없습니다. 그 돈에는 한 사람의 생명을 살릴 수 있는 무량한 가치가 들어 있습니다. 참으로 존경심이 우러나는 가족입니다. 두 분의 고마움을 평생 잊지 못할 것입니다. 아니, 제가 이승에서 이분들께 큰 빚을 지고 있습니다.

복은 내가 짓고, 내가 받고, 내가 누립니다. 오늘날, 우리 곁에도 새로운 기부 문화가 싹트고 있습니다. 이름을 내세우지 않고 내미는 따뜻한 손길을 많이 접합니다. 그래서 세상에는 희망을 버릴 수가 없는가 봅니다. 가진 사람들의 기부보다는 가난한 분들의 작은 정성의 가치로 훨씬 높은 법입니다. 그 자체가 너무나 소중하기 때문입니다. 그 안에 변하지 않는 진리가 있습니다. 남에게 베푸는 것은 자신에게 베푸는 것이기도 합니다. 베푸는 것은 결국 자신에게 되돌아오기 때문입니다.

밤에 걸려 온 전화

저는 차를 몰고 다닙니다. 스님이 차를 몬다고 하니 어색한가요? 때로는 급한 일도 있고, 먼 길을 서둘러 가야 하는데, 다른 분께 실례를 하는 것도 염치가 없어 마음먹고 면허증을 땄지요. 그렇게 운전대를 잡은 지가 오래되었습니다.

운전에 익숙하던 어느 날의 일입니다. 그날은 일요일이었는데, 용미리에 급한 볼일이 생겨 차를 몰고 가는 길이었습니다. 용미리로 가는 연신내 사거리는 차량들로 도로가 가득 차 있었습니다. 사거리를 서로 빠져나가기 위해 차들이 엉켜 있었고, 하여 저마다 겨우겨우 길을 터 나가는 중이었습니다.

신호가 바뀌는데 차들은 엉켜 있으니 뒤에서는 경적소리가 요란하고, 마음이 바쁜 분들은 틈만 보이면 이리 빠지고 저리 빠져 나갑니다. '인간 세상 북새통'이라는 표현이 들어맞았습니다.

그렇게 생각하는 순간, 뒤에서 따라오던 차가 제 차 범퍼를 들이받고 말았습니다. "쿵"하는 소리가 나는 것을 보니 심하게 받은 것이 분명했습니다. 차량의 정체가 조금 풀리자 손으로 뒤차에게 따라오라는 신호를 보내고 인도 쪽으로 차를 댔습니다.

밖에 나와 살펴보니 범퍼가 상당히 우그러졌더군요. 저도 사람인 지라 기분이 좋을 리가 있나요. 서둘러 가야 하는 마음도 어쩔 수 없이 저를 나약하게 했습니다.

제 차를 받은 운전자는 젊은 아기 엄마로, 초보 운전 같았고, 세 식구가 교외로 놀러 가는 분위기였습니다. 차 안에서는 아기가 무서운지 엉엉 울기만 합니다.

부부가 함께 내려 안절부절못했습니다. 수리비는 얼마나 드리면 되겠느냐며 미안해 어쩔 줄을 모릅니다. 속은 상하지만, 그분들의 모습을 보니 제가 안절부절못하겠더군요. 그래서 손을 내저었죠.

"그냥 가셔도 좋습니다."

그러자 몇 번씩 고개를 숙이며 감사하다고 합니다. 가족이 오붓하게 야외에 놀러 가는 분위기를 해치고 싶지 않았습니다.

"크게 신경 쓰지 마시고 편하게 다녀오세요."

운전석에 오르는데, 부부가 또다시 고개를 숙입니다. 여전히 미안해하는 기색이었습니다.

그날 밤, 일을 보고 사찰로 돌아왔는데, 늦은 시각에 전화가 왔습니다. 그런데 상대는 대뜸 이렇게 말합니다. "스님, 너무너무 감사합니다."

누구인가 싶었습니다. 알고 보니 낮에 제 차의 뒤 범퍼를 받은 아기 엄마였습니다. 덕분에 가족끼리 교외에 나가 행복하게 즐기고 왔노라 고 말합니다. 기회가 되면 찾아오겠노라 합니다. 그 말에는 고마운 마음이 가득하더군요. 먼저 전화로나마 사례를 하는 것이라는데, 그것만으로도 저는 행복합니다.

그날, 저 역시 마음이 설레어 잠을 이루지 못했습니다.

'작은 배려가 이렇게 서로를 행복하게 하는구나.'

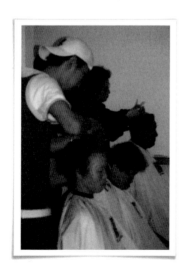

이렇게 생각하니 가슴이 뿌듯해지더군요. 아기 엄마의 전화가 그때처럼 고맙게 여겨진 적이 없었습니다.

'우리가 조금만 이해하고, 하여 상대를 배려하고 사례할 줄 안다면 세상이 이렇게 아름다워지는 것을……'

사람이기 때문에 이러한 배려

와 표현이 가능한 것이겠지요. 세상에는 생각보다 아름다운 마음을 지닌 분들이 너무나 많습니다. 사람들은 세상이 너무 메마르고 각박해졌다고 말합니다. 나쁜 일만 보면 그럴 만도 합니다. 하지만 세상에는 그보다 많은 아름다운 일들이 많고, 그런 일을 볼 때마다 우리 사는 세상에는 그래도 희망이 있음을 깨닫습니다.

지난봄, 지방을 다녀오던 중의 일입니다. 서울역에서 택시를 타고 홍은동으로 향하다가 중간에 볼일이 있어서 급하게 차에서 내렸습니다. 그런데 그만 법복과 약간의 돈이 들어 있는 가방을 택시에 놓고 내리고 말았습니다. 다른 것은 몰라도 가사 장삼까지 들어 있었으니 여간 난처한 것이 아니었습니다.

궁리 끝에 혹시나 싶어 내렸던 자리에서 한 15분쯤 기다렸지요. 그런데 그때 택시 한 대가 제 앞에 와서 서더니 유리문이 내립니다. 그래서 타지 않는다는 표시를 하려고 했습니다. 그런데,

"이거 스님 거 아닌가요?"

운전기사가 가방을 들어 보이며 묻습니다. 아까 그 기사 맞습니다. 그리고 그 가방은 분명히 제 가방입니다. 너무나 고마워 3만 원을 꺼내어 사례를 하려는 데, 받아도 되느냐고 겸손해하면서 웃으십니다. 오히려 주는 입장에서 너무 적게 드린 것 같은 마음인데……

작은 시냇물이 모여 강을 이루는 법입니다. 강물이 모이고 모

여 끝없는 바다가 되는 법입니다. 한 그루 한 그루의 나무들이 모여 큰 숲을 이루듯이 우리가 사는 세상도 마찬가지가 아닌가 싶습니다.

우리 급식소에도 매월 첫째 주 수요일이면 미장원을 운영하시는 분이 직원들과 함께 봉사 활동을 하십니다. 노인 분들을 위해 이발과 미용을 해주십니다. 한여름 무더운 날에는 미안하기 그지없습니다. 가만히 앉아 있어도 땀이 줄줄 흐르는데, 에어컨도 없고 선풍기도 부족한 곳에서 말없이 땀을 흘리면서 노인 분들의 머리를 다듬어 주는 그 정성에 경의를 표하고 존경할 따름입니다.

남을 이해하고 배려하는 사회, 더불어 잘 살 수 있는 사회, 나보다 남을 좀더 생각하는 사회가 되었으면 하는 바람입니다. 오늘도 훈훈한 세상이 저를 따뜻하게 감싸주는 잠자리를 맞이하고 싶습니다. 바람이 없는 사랑, 조건이 없는 사랑, 그래서 이 세상 모든 것을 사랑할 수 있는 마음, 언제나 한결같은 그 마음이 진정한 부처의 마음이자 사랑입니다.

늘 처음 같은 30년

누군가로부터 존경을 받기는 쉬운 일이 아닙니다. 인생을 살면서 또한 누군가를 진심으로 존경한다는 것도 쉽지 않습니다. 이혼을 밥 먹듯이 하는 우리 시대에 아내로부터, 남편으로부터 존경을 받기란 여간 어려운 일이 아닙니다.

영국의 정치가로 빅토리아 여왕 시절 수상을 지낸 디즈레일리는 아내에게는 존경받는 인물이요, 그 자신 역시 아내를 존경한 인물로 유명합니다. 부부 사이에 존경을 주고받을 정도의 인품이라면 국민들로부터 존경을 받는 것은 두말할 것도 없겠지요.

디즈레일리는 원래 독신주의자였다고 합니다. 그래서 35살 때까지는 홀로 지냈습니다. 영국의 여성들은 잘생긴 하원 의원이 결혼을 하지 않고 독신으로 지내는 것에 애가 탔다고 합니다.

그런 그에게 여자가 생겼습니다. 영국의 국민들 모두가 흠모하는 사람이니 그의 여자가 누구인지에 대해서도 엄청난 관심이 쏟아졌을 것은 당연했습니다. 다들 독신을 고집하던 잘생긴 하원 의원이 독신을 포기할 정도였다면 그 상대는 대단한 집안의 여자임에 분명하다고 생각했습니다.

그러나 그가 결혼을 결심한 여성은 그보다 15살 연상이었습니다. 그의 나이가 35살이니 상대는 50살입니다. 그것도 한 번 결혼한 경력이 있는 여자였습니다. 미인도 아니었습니다. 특별한 재주도 없었습니다. 많이 배운 여자도 아니었습니다. 그렇다고 돈이 많은 것도 아니었습니다.

그런데 그의 아내는 다른 여성들이 갖지 못한 특별한 하나를 가지고 있었습니다. 바로 남편에 대한 존경심이었지요. 남편은 하원에서 집에 돌아오면 그날 국회에서 있었던 일을 아내에게 들려주었습니다. 아내는 남편의 이야기를 듣고 칭찬도 하고 조언도 아끼지 않았습니다. 그렇게 두 사람은 30년을 늘 웃는 얼굴로 서로를 격려하고 어루만졌습니다.

그가 결혼식을 올렸을 때 영국 국민들은 대부분 그가 보잘것없는 여성을 만났으므로 얼마 지나지 않아 파경을 맞거나 스캔들에 휘말릴 것이라고 입을 모았습니다. 하지만 디즈레일리 부부는

30년 동안 행복한 결혼 생활을 보냈고, 하여 영국인들이 가장 자랑스러워하는 부부로 선정되었습니다.

어떻게 그들은 이처럼 행복한 결혼 생활을 누릴 수 있었을까요? 그는 한 방송 프로그램과의 인터뷰에서 이렇게 말했습니다.

"결혼 생활 30년 동안 아내 때문에 마음 상한 적이 단 한 번도 없었습니다. 왜냐하면 저는 아내를 존경하기 때문이죠."

여러분은 누군가를 존경해 본 적이 있나요? 누군가를 존경하는 데 인색하지 않은가 하는 느낌을 지울 수가 없습니다. 내 자신이 누구에 대한 존경심이 없으면서 누군가로부터 존경을 받고자 하는 것은 지나친 욕심이겠지요.

존경한다고 해서 먼 사람을 찾을 필요는 없습니다. 우리 앞에는 가족이 있으니까요. 우리가 아내로부터 존경받고 남편에게서 존경받는 삶을 열어 간다면 얼마나 행복한 세상이 될까요? 가족으로부터 존경받는 아버지와 어머니가 된다면 얼마나 화목한 가정이 열릴까요? 선생은 제자로부터 존경을 받는 세상, 노인은 젊은이에게서 존경받는 세상, 친구가 친구를 존경할 수 있는 세상, 그런 세상이 되었으면 좋겠습니다.

그러한 존경심은 저절로 오는 것이 아닙니다. 나보다 남을 배려하는 마음을 지녀야만 합니다. 힘들게 걷는 장애인 또는 노인에게 다가가서 부축해 보세요. 이것이 배려하는 마음의 첫걸음입니다. 그들은 여러분과 헤어진 뒤에 당신에게 한없는 감사와 존경심을 보낼 것입니다. 이것이 아름다운 사회로 가는 지름길입니다. 디즈레일리는 이런 실천을 통해 존경을 받은 인물입니다.

우리도 그처럼 존경받는 인물이 될 수 있습니다. 그의 아내는 존경심 하나로 최고의 연인을 만나 행복한 결혼 생활을 보냈습니다. 우리도 그의 아내가 될 수 있습니다. 실천하다 보면 그런 선물도 주어지는 것이 인생이기 때문입니다. 이것이야말로 진정한 세상살이입니다.

스님, 여전히 바쁘십니다

제가 세상 속에 들어가 있다 보니 만나는 사람들도 많습니다. 이름 석자만 대도 알 만한 분들로부터 집도 없이 떠도는 분들까지……. 더구나 머리 깎은 승려 신분에 예쁜 처자까지 연을 맺고 지냅니다. 하여 저 역시 세상 속에서 부대끼기도 하지요. 사람들과 카페에서도 만나고, 술집에서인들 만나지 못할 게 있나요? 거기도 다 사람 사는 곳이니 서슴없이 들어갈 수 있지요. 바랑 하나 걸쳐 메고 푸줏간인들 들어가지 못할까요?

술을 마시는 사람들은 어떻게 사나, 다방에는 어떤 음악이 흐르고 어떤 사람들이 드나드는지, 푸줏간 고깃값은 어떻게 되고,

그곳 주인장 인심은 어떤지 알아야 면장도 하고 깨달음이 있지 않을까요? 더구나 사람이 사는 데는 배울 것이 많고 깨닫는 바가 많지요. 그러니 가는 곳을 애써 가릴 게 아니죠. 애써 가리는 것이 마음을 괴롭게 하는 법, 마음이 서면 눈에 보이는 것은 허상일 따름이지요.

저를 만나는 사람들은 저를 반갑게 맞아줍니다. 저 역시 그렇지요. 그야 반가운 걸 어떻게 숨깁니까? 예쁜 처자라면 살풋 안아보고 반가움을 표현하지요. 마주하고 앉아 오순도순 세상 사는 이야기를 나눕니다. 누구네 강아지가 바람피운 이야기까지 분위기가 질퍽해지지요. 그럴 때마다 세상 사는 맛을 느낍니다. 제가 벽면참선에 인생을 걸었더라면 느낄 수 없는 행복이지요.

저는 만나는 반가운 사람들에게서 부처님을 봅니다. 아무런 가식 없이 반가움을 드러내는 그 따뜻한 손과 뜨거운 가슴……. 어찌 부처님이 아닌가요? 훈훈한 마음만 지녀도 부처를 느끼는 너그러움을 그분들을 만나면서 배웁니다. 스님이라고 사람들과 거리를 두면 그것은 제 잇속을 드러내는 처사이지요. 그러니 활활 벗어 던지는 거예요.

반갑다, 반갑다 하여도 한없이 반가운 손이 있습니다. 그래서 이 말씀을 드리는 거지요. 제가 만나는 재소자분들, 그들 손이 가장 반갑지요. 아니, 그만큼 저를 반갑게 맞아줍니다. 어린아이처럼 좋아하지요. 세상에 죄를 짓고 형벌을 받는 사람들이 저렇게 천진할 수가 있나요? 저는 그분들을 천진불(天眞佛)이라 부릅니다. 누가 그들을 죄인이라 할 수 있나요? 저를 보고 싶어 하는 연약한 어른들이지요.

법문을 하러 교도소에 드나드는데, 이성이 만나 사랑하는 감정처럼 그분들을 만나면 설레고, 마주하지 않으면 보고 싶고 그립습니다.

덩치 큰 어떤 형제는 저를 껴안고 웁니다. 많이 허락된 시간이 아닌데도 이처럼 진한 감동을 느낄 수 있는 마음, 그것이 바로 우리들이지요.

그래서 저는 사람은 참으로 착한 존재라는 사실을 믿지요. 본래 착한데 세상이 자꾸만 사람을 악하게 한다고 믿지요. 한순간을 참지 못한 죄인, 그들이 하는 이야기는 눈물 납니다. 내 어머니, 내 자식, 내 아내를 한 번만 생각했더라면 그런 일도 없었을 텐데…….

한 분이 이러십니다.

"스님을 아버지로 모시고 싶습니다. 이제부터 제가 스님의 아들이 될 수 있을까요?"

편지에도 이런 마음이 한창입니다. 그래 저는 멋쩍은 표정이지만 마음만은 뿌듯합니다.

"처사님은 이미 제 아들입니다. 더불어 교도소 모든 형제들이 이미 제 형제요, 아들딸이니 편하실 대로 하시지요."

참으로 뿌듯합니다. 각박한 환경에서 이런 감정을 가질 수가 있다는 게 믿어지지 않을 정도입니다. 저는 이들에게 많은 꿈과 희망을 안겨주고자 노력합니다. 어떤 도움보다 이들에게 필요한 것은 사랑입니다. 따뜻한 마음이지요. 그 어떤 사식보다 마음을 담은 편지 하나가 이들에게는 더욱 필요하지요.

이 글을 빌어 모든 재소자 분들의 안부를 묻습니다. 제가 자주 찾아가지 못한 교도소도 서둘러 짬을 내어 찾을 생각입니다. 사랑을 전하고 싶으니까요. 나이가 들수록 사랑이 넘칩니다. 이렇게 말하면 저더러 주책이라 할까요?

무료 급식소를 운영하면서 보니 연세 드신 분들이 의외로 사랑이 강합니다. 그분들은 작은 정성에도 가슴이 충만해져 기쁨이 더욱 커지는 것을 느낍니다. 제 한 몸 가누기 힘들어 보이는 어른들도 사랑이 가득합니다. 어떤 분은 꺼져 가는 희미한 에너지를 안고 급식소에 오시지만 얼마 지나지 않아서 힘이 넘칩니다. 사랑에 굶주려 있다가 사랑이 충전해지니 몸의 기운이 되살아난 거지요.

교도소에서 만난 분들도 그렇습니다. 그들이 어디서 사랑을 느끼겠습니까? 면회 온 가족에게서 따뜻한 사랑을 맛보겠지만, 주위의 사랑을 받고 싶은 것도 당연한 욕구이기 때문이지요.

승려로서 가진 것은 없지만 그들에게 주고픈 사랑은 큽니다. 그 에너지를 밤새도록 충전시켜 쏟아낼 생각입니다. 언제나 반가운 손, 언제 만나도 따뜻한 가슴으로 다가가도록 스스로에게 다짐합니다. 제가 부족한 점이 있다면 많은 이해를 구하고, 하여 모든 것을 함께 풀 수 있기를 기원합니다. 오늘도 좁은 공간에서 창살 너머로 저를 기다리고 계시는 많은 님들, 그분들의 안녕과 건강을 기원합니다.

그렇게 제게는 몸은 바쁘고 마음은 가벼운 날들이 계속되기를 바랄 따름입니다.

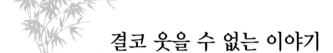

결코 웃을 수 없는 이야기

취중에도 뼈 있는 말이 있습니다. 농담에도 번득이는 지혜가 있습니다. 그러니 우스갯소리인들 허무한 바람 소리뿐이겠습니까? 한쪽 귀로 흘려버리는 말 가운데도 가슴에 맺혀 거름이 되는 것이 있습니다. 그래 그 우스갯소리를 해보려는 것인데, 첫말을 어떻게 꺼내야 할지 망설여집니다.

품행이 방정하지 못한 한 여인이 있었습니다. 그녀는 남편과 살면서 많은 음행을 범했습니다. 이웃집 남자와 동침하는가 하면 장터거리에서 만난 사내와도 서슴없이 동침하기도 했지요. 하여 그녀는 그 사실이 드러나 집에서 쫓겨났지요. 그런 그녀가 밖에

서 무슨 일을 할 수 있겠어요? 몸을 팔며 구걸할 수밖에…….

그러다가 그녀는 병을 얻었습니다. 병이 깊을수록 가족이 그리워지는 것은 인지상정이겠죠. 하지만 그녀는 가족의 품으로 돌아갈 수가 없었습니다. 집안을 더럽힌 여자였기 때문입니다. 남편과 자식들은 몸을 더럽힌 그녀가 돌아오는 것을 원하지 않았습니다. 그렇게 그녀는 어느 영감의 재취로 들어가 2년 남짓을 비참하게 살다가 비참한 인생을 마감했습니다.

그녀는 죽어서 저승사자 앞에 섰습니다. 많은 망자들이 줄을 서서 염라대왕의 분부를 기다리고 있었습니다.

그녀는 저승사자들의 지시로 한 행렬에서 염라대왕의 분부를 기다렸습니다. 그녀가 순서를 기다리는 곳은 이승에서 제 몸을 함부로 다룬 여자들뿐이었습니다. 앞사람들은 염라대왕 앞에 가서 몇 마디 말을 듣더니 광주리를 받아 머리에 이고 끝도 보이지 않는 들판을 향해 걸어갔습니다.

"우리가 왜 저곳으로 가는 거죠?"

한 여자가 염라대왕에게 따지듯이 물었습니다. 그러자 염라대왕은 어이없어하는 표정을 지으며 이렇게 말했습니다.

"가 보면 아오. 이승에서 저지른 죗값을 치르는 것이오."

마침내 그녀의 차례가 되었습니다. 염라대왕이 그녀를 향해 말했습니다.

"그대의 죄는 참으로 크오. 수많은 사내를 거쳤소. 그대가 거친 사내의 것들만큼 고추를 광주리에 담아 줄 테니 머리에 이고 그 숫자만큼 저 들판을 돌도록 하시오."

그녀는 저승사자에 이끌려 들판으로 향했습니다. 그녀의 머리 위에는 고추들이 담긴 광주리가 있었습니다.

한 바퀴, 두 바퀴, 그렇게 횟수가 거듭될수록 이마에 땀방울이 맺혔습니다. 광주리의 절반쯤 담긴 고추들을 머리에 이고 넓은 들판을 쉬지 않고 도는 일은 여간 힘들지 않았습니다. 그녀는 그 넓은 들판을 돌면서 후회했습니다. 남편을 배신하고 다른 사내들과 동침한 일이 수치스럽고 고통스러웠습니다. 다른 사내의 품 안에 안길 때는 좋았지만 그만큼 이승을 떠나 와서 죗값을 치르는 현실에 가슴이 사무칠 뿐이었습니다.

그런 그녀가 한 여자를 보고 부러운 시선을 보냈습니다. 그 여자의 광주리도 없이 고추 한 개만 손에 들고 있었으니까요.

'나에 비하면 얼마나 깨끗한 여자인가? 평생을 한 남자만 바라보고 살았구나.'

그녀에 비하면 자신은 얼마나 더럽고 추잡한지 싶었습니다. 해서 그 여자에게 다가가 물었습니다.

"정말 부럽습니다. 어떻게 하면 한 남자만 평생 바라보면서 살수가 있나요?"

그녀의 물음에 여자는 힘없이 이렇게 말했습니다.

"모르는 말씀은 하지도 마세요. 오히려 당신이 부러운데……."

"그게 무슨 말씀이세요? 이 광주리를 보세요. 저는 이렇게 많은 사내들과 몸을 섞은 여자인걸요."

그녀는 반이나 넘게 차 있는 자신의 광주리를 보여 주었습니다. 그러자 그 여자가 이렇게 말했습니다.

"온통 젖은 제 몸을 보세요. 저는 이 들판을 셀 수도 없이 돌았지요. 그런데 그만 광주리에 있던 고추가 바닥에 떨어지고 말았어요. 이걸 다시 주워 돌고 있는 중이에요. 아직도 광주리는 가득한걸요."

여자는 가쁜 숨을 몰아쉬더니 다시 달리기 시작했습니다. 여자의 말에 그녀는 한숨을 내쉬며 그 여자의 뒤를 따라 뛰었습니다.

죄를 짓지 않는 생활이 무엇보다 중요합니다. 죄업도 내가 받고 선과 덕을 쌓는 것도 결국 내게 돌아오는 것이지요. 그러니 현생에서 선행을 베풀고, 죄를 짓지 않으며, 덕을 쌓는 삶을 사는 것이 가장 바람직한 삶이겠지요.

현대판 고려장

오늘날, 복지 시설에 버려지는 노인들이 갈수록 증가하고 있는 실정입니다. 버려진 채로 빈집에서 발견되는 경우도 적지 않습니다. 지난해, 인천의 한 복지 시설에는 70살 넘은 치매 환자가 들어왔는데, 두 딸이 어머니에 대한 포기 각서를 썼다고 합니다. 어머니가 불의의 사고를 당해도 보호 의무를 맡은 시설에 책임을 묻지 않을 뿐 아니라 불의의 사고가 일어날 경우에도 자식한테 연락하지 않아도 좋다는 내용이었습니다.

얼마 뒤, 할머니는 몇 차례나 딸 집에 가겠다고 우겨서 어쩔수 없이 딸이 사는 집에 찾아가 보았지만 첫째 딸은 문을 열어주지 않았고, 둘째 딸은 이사갔다고 합니다. 그 후 어렵게 연락이 되었지만, 딸은 전화를 받지 않았고, 손녀딸이 전화를 받았습니다. 하지만 돌아온 대답은 매몰찼습니다.

"그 할머니는 우리 엄마와 아무 관계도 없어요."

이렇게 말하곤 전화를 끊었습니다.

참으로 서글프고 부끄러운 일입니다. 이것이야말로 현대판 고려장이 아니고 뭐란 말인가요? 옛날처럼 부모를 지게에 짊어지고 깊은 산에 내다 버리는 것만 고려장이 아닙니다. 오갈 데 없는 부모를 나 몰라라 외면하는 것도 고려장이지요.

경기도의 한 요양 병원의 경우, 요즘 1년 이상 치료비가 밀려 있는 노인이 5명에 이르고, 3, 4개월 연체한 경우도 15건에 이른다고 합니다. 이러한 사정은 지역적 차이가 거의 없습니다. 전국적으로 같은 현상이 반복되고 있는 것이지요. 이 병원의 한 관계자는 이처럼 입원비를 장기간 연체한 자식들은 사실상 부모를 버린 것이나 마찬가지라며 혀를 찹니다.

입원비를 결산하고 부모를 돌보는 경우는 극히 드물다고 합니다. 경제 사정이 어려운 탓도 있지만, 부모에 대한 효심이 사라진 것이 가장 큰 문제입니다. 죽어가는 부모를 살리기 위해 자신의 손가락을 잘라 그 피를 먹였다는 훈훈한 옛이야기도 호랑이 담배 피우던 시절이 되었나 봅니다.

한 노인 수용 시설의 사무를 맡고 계시는 분은 이런 실태에 대해 자신의 경험을 들려줍니다. 어느 늦은 밤, 수용 시설의 정문에 노인이 앉아 있다는 전화를 받고 나가 급히 가서 보니 노인은 보이지 않았습니다. 사무실로 돌아오니 다시 전화가 걸려 왔습니다. 노인이 쓰레기통 옆에 앉아 있으니 잘 찾아보라는 것이었습니다.

다시 손전등을 들고 쓰레기통 쪽으로 가 보니 옷 보따리를 끌어안고 앉아 있는 할머니가 보였습니다. 그는 안쓰러운 마음에 할머니를 일으켜 세우는데, 그 순간 승용차 한 대가 쏜살같이 달아나더라는 것입니다.

복지 시설에 버려지는 노인들은 그나마 다행입니다. 철거 직전의 두 칸밖에 안 되는 아파트에서 할머니 한 분을 발견했는데, 그 집에는 세간은커녕 이불 하나도 없었다는 신문 기사를 보니 가슴이 메입니다. 할머니는 지독한 외로움과 굶주림을 끌어안은 채 사흘을 혼자 버려졌다고 하니 더욱 그렇습니다.

할머니께 고향을 물으면 또박또박 대답하시고 이름도 나이도 아시는데, 자식에 대한 질문만 하면 아무 대답도 하지 않았다고 합니다. 결국에는 벙어리처럼 입을 닫아 버렸습니다. 이것은 무엇을 의미하나요? 자식은 부모를 버리더라도 부모는 자식을 버리지 못합니다. 자식한테 피해가 갈까 전전긍긍하시는 할머니를 생각하면 말문이 막힙니다. 만물의 영장인 인간이란 존재가 대체 자기 낳아 준 부모를 이렇게 대하다니 짐승만도 못하다는 생각이 듭니다. 생각할수록 가슴이 아플 뿐입니다.

28살의 아들이 아버지 몰래 인감도장을 빼돌려 대출을 받았다는 기사도 읽었습니다. 거기까지는 참아야지 했는데, 이자를 갚지도 않은 채 잠적해 버렸답니다. 아버지는 아들 때문에 치욕스럽게도 신용 불량자가 되었지요. 이런 일로 해서 아버지는 뇌졸중으로 고생하고, 거동조차 할 수 없게 되었습니다. 아들은 연락이 없고, 몸은 말을 듣지 않고⋯⋯. 하는 수 없이 경매로 집을 넘기고 허름한 야산에다 움막을 치고 살고 있답니다. 아버지는 아직 65살도 되지 않았고, 호적에는 부인과 아들의 이름이 올려져 있어서 노인 복지 시설에 들어갈 자격도 없다고 합니다. 그분은 아들을 원수로 여기며 살고 있다고 합니다. 원수를 갚기 전에는 눈을 감지 않을 거라며 눈시울을 적십니다.

아무리 극히 일부의 사건이라지만, 그런 기사를 읽을 때마다 제 일인 양 가슴이 무너집니다. 우리 사회의 부끄러운 자화상입니다. 그분들께 어떻게 위로의 말씀을 드려야 좋을까요? 새삼 수행자의 한 사람으로서 부끄러울 따름입니다. 도움이 되지 못해 부끄럽고, 이 사회를 구제하지 못해 부끄럽습니다.

낳기는 부인이 낳았어도

'세상에 영원한 내 것이란 없다.'는 말에 전적으로 동감합니다. 나이가 들면서 제 육신마저 끝내 제 것이 아님을 깨닫습니다. 그러니 제가 소유한 것들이야 당연히 제 것이 아니 되는 것이지요. 저를 낳아 준 어머니, 아버지 모두 돌아가셨으니 그 인연 다했고, 팔자 드센 탓 인지 산중에 자리를 틀면서 모든 인연 끊고자 한 몸이 아니던가요?

가만히 보면 우리는 너무 집착합니다. 결혼해 몸을 섞은 아내도 떠나면 내 것이 아닌 것을 어쩌자고 구차하게 내 것, 네 것 따지며 얽매 이는지 안타까운 마음뿐입니다. 내가 모은 재산도 필경 내 것이 아닌 것을……

　여러분이 돌아갈 때는 자기 것 하나라도 가지고 갈 수 있나요? 솔바람 한 줌 집어갈 수 있나요? 절간 귀퉁이에 휘늘어진 댓그늘 한 자락 가져갈 수 있나요? 아니면 한 스님의 말씀처럼 처마 밑 풍경 소리를 듣고 갈 것인가요? 모든 것이 부질없는 짓이거니…….

　내 배 아파서 낳은 자식도 내 것이 아닙니다. 초대 문교부 장관을 했던 안호상 박사는 아이들 사랑이 남달랐다고 합니다. 어느 휴일에 박물관에 갔는데, 마침 어린아이들이 박물관 답사 중이었습니다. 통솔하는 선생님들은 물론 아이들의 부모들까지 상당히 많은 일행이 모여 있었습니다.

　그런 중에 그분은 아이 하나가 전시물을 손으로 만지면서 유별나게 떠드는 것을 목격했습니다. 만져서는 안 되며 조용한 가운데 작품을 감상해야 하는 분위기가 그 아이 하나 때문에 엉망이 되었습니다. 그래서 그분이 아이를 불러 타이르셨습니다.

　"애야, 공공장소에서 그러면 안 되지? 물건을 만져서도 안 되고, 시끄럽게 굴어서도 안 되는 거야. 다른 사람들한테 방해가 되어서는 안 되겠지?"

　그분의 타이름에 겁을 먹었는지 아이가 울음을 쏟았습니다. 그때 아이 엄마가 뛰어오더니 그분을 향해 소리쳤습니다.

　"아니 이보세요. 당신이 뭔데 남의 귀한 자식한테 이래라저래라 애를 울려요! 나도 나무라지 않는데!"

아이 엄마의 드잡이에 그분은 순간 몹시 당황했습니다. 그러나 마음을 가라앉힌 다음 아이 엄마에게 이렇게 말했습니다.

"낳기는 부인께서 낳았지만 가르치는 것은 함께 가르치는 것이오. 이 아이가 사회 구성원인 이상 우리 모두의 아이인 것이오. 그러니 너무 섭섭하게 여기지 마시오, 부인."

그분의 말에 부인은 얼굴이 새빨갛게 익었습니다. 그때 저만치에서 이 광경을 지켜보고 있던 아이의 아빠가 황급히 달려와서 안호상 박사를 알아본 뒤 큰절을 올렸습니다.

"박사님, 고맙습니다. 제 아이를 박사님의 아이처럼 대해 주시니 이 은혜를 무엇으로 보답해야 할지…….."

이 일화는 나밖에 모르는 많은 사람들한테 큰 감명을 주었습니다. 내가 낳았다고 하여 내가 소유한 자식이 아니듯이 이 세상 모든 물건, 마음, 재물, 명예, 권세도 영원히 내 것일 수는 없습니다.

젊은 사람이야 물론 욕심을 갖지 않을 수가 없습니다. 당장은 내 가족이 먹고 살을 양이면 가진 것이 있어야 하니 말입니다. 집도 마련해야 하고, 자녀도 양육해야 하고, 부모도 보살피려면 당연히 가진 것이 있어야 합니다.

그렇지만 정도가 너무 지나치니 드리는 말씀입니다. 나이가 많은 사람은 그만큼 버리는 것이 많아야 할 터인데 오히려 소유의 뿌리를 굳건히 다지는 것 같습니다. 평생 소유욕을 키워 왔으니 당연한 것이겠지요. 눈감기 전까지는 하나라도 움켜쥐려고만 하니 중생을 구제하는 소명을 지닌 승려로서 부끄럽고 안타까운 일이 아닐 수 없습니다.

세상은 더불어 살아가는 것입니다. 당신의 아이가 내 아이가 되듯이 그렇게 마음의 문을 열고 함께 사는 것이 바로 삶입니다. 내 몸은 죽어 흙이 되고 화장해서 바다에 뿌려지면 고기밥이 되고…….

내가 땅에서 나는 곡식을 먹었으니 땅의 곡식의 거름이 되고, 생선을 먹고 살았으니 바다에 뿌려져 물고기의 밥이 되는 것이지요. 이것이 바로 진리가 아니겠습니까? 영원한 내 것도 영원한 네 것도 없는 세상, 그런 세상이 진정한 불국토라 하겠지요.

오늘도 저는 그런 세상을 위해 수행 정진합니다. 세상 사람들 속으로 들어가 "나무아미타불"을 수도 없이 외칩니다. 제 한 몸 걸레가 되어도 좋습니다. 흩어져 바람이 되어도 좋습니다.

바람 속의 티끌이 되어도 좋으니 제발 내 것을 내 것이라 이르지 마소서. 세상에 진정 내 것이란 없는 법, 빈손으로 왔다가 빈손으로 가는 것이 자연의 이치가 아닌가요? 마지막에 입는 옷에는 주머니가 없는 법이지요.

새벽바람이 찹니다. 한 생각을 접어 목탁을 두드리니 한 떼의 새들이 잠에서 깨어 나무숲을 박차고 오릅니다.

그가 세상 속으로 가듯이

　제가 존경하는 스님은 원효 대사입니다. 출가 전에도 원효라는 인물에 매료되었지만, 출가 후에도 그의 사상과 철학은 저를 사로잡았습니다. 250여 권이나 된다는 그의 방대한 저술 속에 살아 숨쉬는 깊은 사상과 그의 행적은 제게 감동을 주기에 충분했습니다.

　원효는 산속에서 세간의 거리로 나와 세상 사람들을 품에 안았습니다. 이는 세상 사람들을 교화하기 위해서였는데, 그런 그의 모습이 특히 마음에 끌렸습니다. 큰스님으로서 얼마든지 고생하지 않고도 대접받을 수가 있을 그가 그 자리를 뒤로하고 세상으로 나왔다는 것은 여간한 깨달음이 아니면 힘든 일이지요.

그는 스스로를 소성 거사 또는 복성 거사라고 칭했습니다. 거사 중에서도 가장 낮은 데에 있는 못난 거사라는 의미이지요.

이규보의 〈소성거사찬〉에 다음과 같은 구절이 있습니다.

"머리를 밀면 그가 바로 원효 대사요, 머리를 길러 두건을 쓰면 그가 바로 소성 거사로다."

이처럼 원효는 세상 사람들과 친해지기 위해 머리카락을 기르고 두건을 쓰기도 했습니다.

그의 행색은 널리 퍼졌습니다. 세상 사람들은 이러한 그를 따르고 좋아했습니다. 그는 그런 사람들에게 한없는 자비를 베풀고 베풀었습니다. 조롱박으로 악기를 만들어 두드리면서 시장바닥에서 장사꾼들과 어울려 춤을 추기도 했으며, 광대들과 어울려 노래를 부르기도 했습니다.

그는 그 조롱박을 무애(無碍)라고 했습니다. 무애는 온갖 장애와 세속적 현실의 고통에서 벗어나 진정 자유로운 상태를 의미합니다. 그의 춤과 노래는 바로 세상 사람들과 더불어 해탈의 경지, 대자유인 이 되려는 의지의 표현이었지요.

깨달음은 더러운 세상 속에서도 가능했습니다. 그는 자신의 수행에만 만족하지 않고 세상 속으로 들어가 그 수행의 결실을 세상 사람들에게 나누어주는 적극적인 실천을 추구했습니다. 그것이야말로 진정한 수행의 자세라고 생각한 것입니다. 팔만사천의 법문을 외고 의미를 터득하는 것보다 한 줄의 경문이나마 몸소 실천에 옮길 수 있는 것이 중요하다고 믿었습니다.

세상을 향해 스스럼없이 다가서는 그의 모습은 해탈의 자세, 바로 그것이었습니다. 귀족들이나 읽던 불경을 버리고, 시장바닥에서 노래를 지어 춤을 추고 다닌 그의 모습은 당시의 사람들에게 살아 있는 부처나 다름없었을 테지요.

원효는 대승 불교를 부르짖었습니다. 소승 불교가 자기 자신의 존재만이 청정해지는 것으로 충분하다면, 대승 불교는 중생의 구제를 우선으로 삼고, 세상의 아픔을 자신의 아픔으로 여기는 것입니다. 그는 세상 사람들의 아픔을 자신의 아픔으로 통감하며, 불교의 귀족화와 형식화에 저항했습니다.

많은 사람들이 그를 만났습니다. 백정, 기생은 물론 장사치뿐 아니라 시정잡배들도 그를 가까이에서 만날 수 있었습니다. 그는 어려운 이론을 염불이나 노래, 춤으로 바꾸어 세상 사람들이 쉽게 이해할 수 있도록 했습니다. 그의 이러한 교화로 하여 가난하고 우매한 사람들까지도 부처의 이름과 깨달음의 방법을 알게 되었고, '나무아미타불'을 입에 올릴 수 있었지요. 이것은 불교에 있어서 혁명과도 같은 것이었습니다.

저는 그의 이러한 업적에 매료되었고, 하여 그를 흠모하게 되었습니다. 물론 다른 분들의 배려와 권유도 있었지만, 제가 자연스럽게 세상 속으로 뛰어든 데에는 그의 영향이 가장 컸습니다.

세상 사람들과 함께 생활하는 것이 결코 쉬운 일이 아니지만, 그가 그렇듯이 저 역시 결코 후회하지 않습니다.

그를 만나본 사람도 아닌데 지나치게 그에게 빠져 있는 제 모습이 과장된 것일까요? 그렇지는 않을 것입니다. 그의 사상과 철학이 그만큼 제게 향기롭게 다가왔기 때문일 테지요. 향기란 반드시 전해지기 마련입니다. 1,400여 년이라는 격세지감에도 불구하고 그의 인품 속에서 묻어 나오는 향기는 여전합니다.

제가 승려로서 입문한 뒤에 또 그만큼의 시간이 흐른다면 누가 제 삶의 흔적을 어루만져 주기라도 할까요? 이 물음에 저는 자신이 없습니다. 다만 그를 흠모하며 그가 걸어온 길을 같은 모습으로 걸어가려 고 노력할 따름입니다. 그 길이 옳은 길이라고 여기기 때문이지요. 그래서 저는 무료 급식소를 운영하는 일에 조금의 후회도 없습니다. 다만 그 길을 묵묵히 걸어갈 뿐이지요. 원효가 자신이 옳다고 여긴 길을 묵묵히 걸어간 것처럼 말입니다.

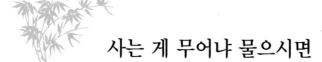

사는 게 무어냐 물으시면

산사의 새벽 공기가 차갑게 뺨을 스칩니다. 풀 끝에 이슬이 맺혀 영롱히 반짝이고, 먼동은 이슬을 품어 안으며 떠오릅니다. 서쪽 하늘 끝에 걸린 초승달을 따라 철새 몇 마리가 소슬히 날아가고 있습니다. 세상과의 인연을 끊고 사는 저로서도 절로 부모 형제 생각이 간절한 새벽입니다.

예불을 마치고 무량수전을 나오면서 점심 걱정을 합니다.

'오늘은 어르신들을 위해 어떤 반찬을 해 드릴까?'

이 생각 저 생각이 절로 가지를 치는데, 그러다 보니 마음이 복잡해지는군요.

무료 급식소에서 점심 공양을 드시는 어르신들을 보면 한결같이 외로움에 젖어 있습니다. 배고픔과 가난함도 문제이지만, 그보다 먼저 정에 굶주려 있지요. 늙고, 병들고, 굽은 허리와 주름진 얼굴……. 그분들을 보면 '언젠가는 나도 저렇게 되겠지.' 하며 공연히 쓸쓸해집니다.

사람들은 자연의 순리를 생각하지 못하지요. 젊음이란 흐르는 물처럼 빨리 지나가고 말아요. 젊다고 언제나 청춘은 아니지요. 하루하루 지나는 것이 더디다고 여길지 몰라도 지나가 버린 것은 쏜살같다는 생각이 드는 심정을 어쩔 수가 없습니다.

태어남의 즐거움이 있는가 하면 임종의 슬픔도 있지요. 살면서 이것을 깨닫지 못하면 결코 성공한 사람이 되지 못합니다. 죽음, 세상과의 결별을 생각하고 살아가면 저도 모르게 삶에 균형과 조화가 이루어지는 것을 느낄 수 있을 것입니다.

누가 제게 사는 것이 무어냐고 물으신다면 베푸는 것이라고, 보시하는 것이라고 당당하게 말하겠습니다. 부귀공명이나 명예, 권력도 부질없는 것으로, 이런 것은 잠시 스쳐 가는 인연이거니 생각합니다. 권력이나 명예나 부귀가 반드시 나쁜 것은 아니지요. 권력이 있을 때 그것을 약한 사람을 위해 베풀면 금상첨화이겠지요. 명예가 있는 만큼 자신의 직분에 충실하면 세상을 위해 베푸는 길이 되지요. 부자라면 여력이 있을 때 그것을 어려운 이들에게 베푸는 것도 공덕을 쌓는 삶입니다.

옛날 조상들은 돕는 것이 미덕이었습니다. 어려운 일을 당할 때 발품, 손품을 팔아 거들어 주는 미풍양속은 오늘날에도 볼 수 있지요.

하지만 예전과는 비교할 수 없을 만큼 인정이 메마른 사회가 된 것은 분명해요. 아파트에서 죽은 노인이 한달 뒤에 발견되고, 옆집의 강도 사건을, 신문을 통해 알게 되는 세상……. 그렇게 이웃의 얼굴도 모른 채 살아가는 것이 우리의 현실 아닌지요?

여러분의 도움이 필요한 이웃이 너무나 많습니다. 우리는 어차피 같은 배에 탄 사람들입니다. 배가 한 군데 구멍 나면 결국 우리 모두가 같이 죽을 수밖에 없습니다. 점심 식사를 굶는 사람들이 수십만 명에 이르는 현실보다 충격적인 것은 우리가 그런 사실조차 모른 채 살고 있다는 것입니다.

수천 번의 찬사보다 한 번의 실천이 위대한 법입니다. 그래서 저 역시 그 뜻을 몸으로 수행하고자 지난 1981년에 봉사 단체를 만들었습니다. 그것이 지금은 훌쩍 자라 24세의 청년이 되었습니다. 저는 최고의 삶은 베푸는 삶이라 자신합니다. 그래서 작지만 제 손이 닿는 곳에 베풂을 나누어주려 하고, 그렇게 오늘을 풍요롭게 하고, 보시의 깨달음을 얻고자 합니다.

이 글을 빌어 제게 가르침을 주시는 자원봉사자분들께 진심으로 감사의 말씀을 드립니다. 봉사회 회원 여러분, 정말 감사합니다. 이분들은 하천이나 유원지의 쓰레기를 거두어들이는 것은 물론 청소년 유해 환경 감시단을 운영하기도 하지요. 특히 불우 청소년을 위한 이분들의 손길은 거룩하기까지 합니다. 제가 이분들과 함께할 수 있다는 것이 더없이 행복할 따름이지요. 물론 무료 급식소 봉사자분들 또한 살아 계신 부처님이십니다. 이분들은 모두가 늘 자신보다 남을 생각 하는 삶을 사시는, 살아 있는 부처님이십니다.

　십시일반이라는 말이 있지요. 열 사람이 한 숟가락만 보태면 한 사람이 먹을 밥을 만드는 법이라지요. 여러 사람이 힘을 합하면 한 사람 구제하기는 쉽습니다. 이것이 보시의 힘이지요.

신비한 꿈

제가 아는 한 보살님에 관한 이야기입니다. 그분이 제가 있는
절에 찾아온 것은 오래전입니다. 우리 절을 찾은 계기는 이렇습
니다.

그분은 결혼하기까지 종교를 갖지 않았답니다. 그런데 결혼
후 시집살이를 하면서, 교회에 나가시는 시어머니가 권했고, 시
어머니를 이길 며느리가 없던 때라 결국 시어머니를 따라 교회에
나가게 되었답니다.

당시 그분한테는 시누이가 넷이나 있었습니다. 그런데 그동
안 아무 탈도 없고 마찰도 없다가 교회에 나가는 순간 집안에 풍

파가 생기고 잡음이 끊이지 않았습니다. 시누이네가 교회에 가면 그쪽에 풍파가 생기고 그분 집에도 풍파가 생겼다고 합니다. 그 것은 계속되어 그 분의 아이들한테도 좋지 않은 일이 이어졌습니 다.

그러다가 하루는 피곤 끝에 잠깐 낮잠에 들었는데, 꿈속에서 하얀 수염이 달린 도인을 만났다고 합니다. 그런데 도인이 갑자 기 자신의 머리채를 이끌고 어디론가 가더랍니다. 끌려가면서 자 세히 보니 집에서 그리 멀지 않은 동네 무당집이었습니다.

"당신의 조상 할머니가 불사가 너무 세. 그래서 교회에 가면 안 돼. 교회에 가는 날부터 가정에 풍파가 끊일 날이 없을 거야."

이 말을 듣고 잠에서 깨어났고, 꿈속 무당의 말이 너무나 생생 해 그날 이후 교회에 나가지 않았습니다.

그 일이 있은 뒤 어느 날, 동네 아주머니가 찾아와 내일모레가 칠석날이니 절에 가자고 제안했습니다. 칠석 불공을 드리러 가자 는 것이었습니다. 그날의 꿈이 마음에 걸린 터라 그러마 하고 약 속했습니다.

절에 가기 하루 전날 꿈속에서 절의 모습을 보았답니다. 그런 데 놀라운 것은 칠석날, 동네 아주머니를 따라서 제가 있는 절을 찾았는데, 그 절이 전날 꿈속에서 보았던 바로 그 절이었답니다. 인연도 이런 인연이 있나요? 그렇게 그분과 저는 그때 인연을 맺 었고, 그분은 백련사를 잊지 않고 찾고 있습니다. 집안의 크고 작은 일이며 인생의 문제를 상담하곤 하시죠.

꽤 오래전에 그분의 아들 궁합을 보아준 기억이 납니다. 아마 7년쯤 되었을 겁니다. 그때 궁합 결과가 좋지 않아서 몇 번 생각해 보라고 말씀드렸는데 아들이 그 아가씨 아니면 결혼하지 않겠다고 고집을 부리는 통에 어쩔 수 없이 결혼을 시켰다고 합니다. 그러고서 오늘 그분이 저를 찾아와서 하소연합니다.

"스님, 그때 아들 결혼을 어째서 막지 않으셨나요?"

둘이 하루가 멀다고 싸우고 때려 부수고 이혼한다 야단이니 좋은 방법 없느냐고 묻습니다. 정말로 딱한 노릇입니다. 한 번 맺은 인연, 끊기가 어려운 법인 것을…….

헤어짐이 능사가 아니기에 아들 며느리와 함께 절에 한번 들르라고 말씀드렸습니다. 끝냈으면 좋겠다는 그분의 말씀에 저는 고개를 저었습니다.

"어려울 때일수록 부처님께 기도 올리며 참회해야지요."

오늘날, 놀랄 정도로 빠르게 가정이 해체되고 있습니다. 만남이 애초에 잘못된 탓도 있겠지만, 무엇보다 이해와 배려가 부족하기 때문입니다. 결혼한 열 쌍 가운데 서너 쌍이 헤어진다고 하니 세상이 참 무섭다는 생각이 듭니다. 가정을 소중히 여기고 그 소중함을 위해서는 인내와 노력이 필요한 법을 되새기고 되새기는 날이 되기를 바랍니다.

내 가장 사랑하는 웬수

생애를 통틀어 부부처럼 각별한 인연도 없을 것입니다. 부부의 만남이야말로 생명을 잉태할 수 있는 천생연분의 숭고한 만남입니다. 그러니 부부의 인연은 얼마나 대단한 인연인지요. 죽으면 다시는 만 날 인연을 갖지 못한다는 말처럼 맺기 어려운 인연이 바로 부부의 연입니다.

그런데 오늘날 부부는 원수끼리 만난다는 말을 많이 한합니다. 그만큼 부부 사이에 산다는 것이 어렵다는 의미일 것입니다. 살다 보면 싸움도 하고, 다투기도 하고, 끝내 헤어지기도 하는 것이 부부 아닌가요? 부부 사이에 나쁜 것만 생각하면 싸우고,

다투고, 서로의 마음을 상하게 하는 것은 당연하죠. 그러니 세상에 이만한 원수도 없지요.

아내를 만나, 남편을 만나 어찌 좋은 일이 없겠습니까? 나쁜 일보다 좋은 일이 훨씬 많았으리라 생각합니다. 그런데 나쁜 일은 머리에 기억되고 좋은 일은 잊어버리기 일쑤입니다. 나쁜 일만 일어난다면 이것이야말로 불행이요, 당장에 헤어져야 할 일입니다. 부부의 연이 잘못되었다는 편이 옳겠지요.

그런데 부부란 희생을 어느 정도 감수해야 한다는 것을 모르는 듯합니다. 부부도 남끼리 만나 가정을 꾸리는 것이요, 부모 자식 사이에도 갈등이 따르게 마련인데 하물며 부부는 더하겠죠.

문제는 결혼 생활이 말처럼 되지 않기 때문입니다. 나이 60이 되면 귀가 순해진다 해서 이순이라 하는데, 어떤 말도 귀에 거슬리지 않는다는 의미입니다. 이 말은 곧 어떤 경우라도 이해할 수 있는 것이지요.

오래전 일입니다. 텔레비전의 노인 프로그램에서 사회자가 여러 어르신 부부를 모시고 퀴즈를 냈습니다.

"부부가 평생 사는 것을 무엇이라고 하나요?"

사회자의 질문이 떨어지기 무섭게 할머니 한 분이 부저를 누릅니다.

"웬수!"

이렇게 대답하자 방청석이 왁자지껄합니다. 그러나 할머니는 백번 천번 맞다는 표정입니다.

　다른 할머니도 부저를 누르고 대답합니다.

　"쥑일 놈!"

　방청석이 다시 한바탕 웃음이 쏟아집니다. 사회자는 배꼽을 잡고 말을 잇지 못합니다. 한동안 사이를 두었다가 사회자가 다른 질문을 합니다.

　"그러면 아플 때 가장 먼저 생각나는 사람은 누구세요?" 질문이 떨어지기 무섭게 할머니가 대답합니다.

　"웬수!"

　어디선가 "조강지처" 하는 소리도 들립니다.

　힘이 들고 아플 때 생각나는 사람도 웬수인데 그 웬수가 바로 자기 남편이요, 아내요, 할멈이요, 영감인 것입니다. 이것은 동전의 양면과도 같습니다. 동전은 반드시 양면이 존재합니다. 부부도 마찬가지이지요. 웬수라고 생각하지만 한편으로는 아플 때 생각나는 존재이고 필요한 존재이기도 합니다.

　편협한 시각을 가져서는 안 됩니다. 특히 날마다 한 이불을 두르고 사는 부부 사이는 더욱더 그렇습니다. 부부 사이에는 어떠한 경우에도 이해하는 아량이 필요합니다.

　'웬수'라는 말에는 따뜻한 의미가 담겨 있습니다. 이 말에는 원래의 원수가 가지는 의미가 아닌 따뜻한 마음이 녹아 있습니다.

　아플 때 옆에 두고 싶은 사람, 부부처럼 편하지 않은 사람이 어디 있겠습니까? 그러니 부부처럼 돈독한 관계도 없습니다. 싸울 때는 싸우지만 싸우면서 쌓이는 정이 바로 부부의 정입니다. 세상의 부부들을 위해 간절히 비오니, 세상의 노부부님들 위해 간절히 비오나니 내 것만 한 것이 없고 내 집처럼 편한 집도 없습니다.

대궐 같은 남의 집에 초대되어 하룻밤을 자 보세요. 그처럼 불편한 것이 어디 있나요? 든든한 옆자리, 거기가 진정 내 아내의 자리요, 내 남편의 자리입니다. 자리는 한번 깔은 자리가 온기도 있고 좋은 것을 우리는 이미 알고 있지 않은가요? 내 것이 최고라는 믿음을 가져야 합니다.

2장

마지막 가는 길이 그러하듯이

저로 인해 고통에 부대낀 수많은 인연들을 떠올려 봅니다.

제 자신이 그들에게 허상이고 그들 또한 제게 허상인 것을 ....

저 역시 인연에 집착한 삶을 이어온 것은 아닌가 돌아봅니다.

하여 오늘도 귀를 닦고 입을 다스리는 수행을 그치지 말아야 겠지요.

오어사에는 물고기가 산다

신라 선덕 여왕 때의 큰스님으로 유명한 혜공 화상의 일화를 소개할까 합니다.

혜공 화상은 가난한 집안의 아들로 태어나 천덕꾸러기로 자랐습니다. 그런 그가 7살 때부터 기적을 보였다고 전합니다. 직위 높은 양 반의 병을 고치기도 했다는 그는 하지만 세상이 지겨웠는지 머리를 깎고 스님이 되었습니다.

승려가 되어서도 삼태기를 들고 다녀 삼태기 화상이라고도 불리던 그는 우물 속에 들어가 몇 달씩 나오지 않았다고 합니다. 그런데 우물 밖으로 나와서도 옷이 하나도 젖지 않았습니다. 한없이 깊고 넓은 깨달음의 세계에 이른 것이지요. 원효가 모르는 것을 그에게 물으러 올 정도였다고 하니 그의 도력은 짐작하고도 남습니다.

하루는 원효와 혜공이 만나 회포를 풀기로 했습니다. 둘은 가까운 냇가에 가서 물고기를 잡아 안주로 삼고 곡차를 마시며 세월 가는 이야기를 나누었지요. 두 스님이 물고기를 잡아 술을 마시는 것이니 사람들의 눈살을 어지간히는 찌푸리게 했을 테지요.

한 무리의 장꾼들이 지나가면서 손가락질을 했습니다. 그러자 두 스님은 웃으면서 냇가에 들어갔고, 거기에서 볼일을 보았습니다. 그런데 그들이 싼 것은 똥이 아니라 그들이 먹은 물고기로, 그것들이 다시 살아나 헤엄을 치며 뛰놀았습니다.

장꾼들이 모두 떠난 뒤에 두 스님은 서로 다투었습니다. 다시 살아난 물고기가 서로 자기가 먹은 것이라며 티격태격하니, 도력 높은 스님이라도 이처럼 사소한 일로 다툴 수도 있는가 봅니다. 그래서 그곳에 세운 절이 '내 고기 절'이라는 뜻의 오어사입니다.

혜공 화상은 공중에 떠서 입적했다고 합니다. 참으로 높은 도력을 짐작할 만합니다. 반드시 그러한 기적을 보인다 해서 깨우침이 큰 것은 아니지만, 그만큼 눈에 보이는 것에서 자유로울 수 있다는 것, 그것은 해탈의 경지가 아니고서야 어찌 가능한 일인가요?

어떤 스님들은 유체 이탈을 경험한다고 합니다. 몸은 두고 정신만 빠져나와 자신의 몸뚱이를 저 위에서 바라볼 수 있는 경지에 이른다고 합니다. 이를 보면 몸은 한 생애 살기 위해 잠시 빌린 집일 뿐, 정신세계가 얼마나 중요한지 느낄 수 있습니다.

한 스님이 몸을 더럽히고 빗나간 행동으로 동료 스님들의 명예를 흐리게 했다고 합니다. 그 스님이 마침내 자신의 삶을 참회하면서 죗값으로 소신공양하고자 한다고 하자 큰스님이 말렸답니다. 그러나 그 스님의 각오가 대단해서, 그러면 그렇게 하마 했습니다.

그래서 그 스님의 몸뚱이를 동여매고, 기름을 바르고, 장작 쌓고, 마침내 불을 피웠습니다.

"앗, 뜨거워! 큰스님 살려 주세요!"

그렇게 소신공양을 다짐하던 스님의 살갗에 불이 닿자 큰스님께 살려 달라 애원합니다. 이미 불은 댕겨졌고 이 일을 어찌할까요?

정신이 몸에서 빠져나올 정도가 되어야 소신공양도 가능한 법입니다. 그러니 혜공 화상의 도력이 얼마나 높았는지 알 만합니다. 우물 속에 있을 때, 그의 영혼이 몸에서 자유롭게 빠져나와 소풍을 즐겼을 것이 분명합니다. 잠시 빌린 몸뚱어리는 물속에 담가 두고, 영혼은 둥둥 세상을 자유롭게 돌아다녔을 것이니, 부처로구나 싶습니다.

속인이나 승려나 제자리가 중요합니다. 물고기를 먹었으되 물고기는 처음 그대로 살아나니 우리가 살면서 제자리로 돌아오는 것이 중요합니다. 자신이 있어야 할 자리에 있는 것, 자신이 있던 자리에 돌아올 수만 있다면 그도 부처입니다. 처녀를 껴안고 돌다리를 건넌 뒤에 아무 일도 없다는 듯이 다시 그 처녀를 내려놓고 가던 길을 간 혜공 화상처럼 집착에 얽매이지 않는 것, 이것이야말로 진정한 수행이라고 생각합니다.

사람들이 그를 어떻게 말하든, 저는 그처럼 자유로울 수 있는 승려가 되고자 합니다. 봄에 얽매이지 않고, 세상에서 들리는 소리에 귀 막으며, 못 볼 것을 보면 눈을 감고, 그렇게 세상 사람들과 어울려 살고 싶은 마음이 간절합니다.

오어사에는 지금도 물고기들이 살고 있다지요. 오늘따라 산사의 풍경 소리는 더없이 고즈넉한데, 어디선가 찾아올 벗이 그리워지는군요.

머루주 한 잔 생각나는 풍경입니다.

배고픈 스승들을 위한 식탁

저는 전생에 남의 도움을 많이 입었다고 믿습니다. 누구나 자기 혼자서는 살아갈 수 없고, 남의 도움을 통해 더불어 살아가게 마련입니다. 그런데 유독 저는 남에게 받은 은혜가 많았는지 제 도움을 필요로 하는 많은 분들과 만납니다. 무료 급식소를 운영한 것도 남으로부터 받은 빚을 갚기 위한 당연한 몫이라 생각합니다.

만나는 모든 사람들을 차별 없이 대하고자 합니다. 그들이 어떤 위치에 있든 제게는 한결같은 분들입니다. 그래서 제가 만나는 분들을 모두 '님'이라고 부릅니다. 사랑하는 님에게는 어느 것이라도 아까운 것 없이 바치고 싶습니다. 그와 같은 마음으로 서툴지만 보시의 즐거움을 배웁니다.

그러나 보시는 한편으로 고통입니다. 제때 식사하지도 못하고, 하루 한 끼도 먹기 어려운 분들을 만나면 제 손이 얼마나 작은지 원망할 따름입니다. 그래서 한 분이라도 더 보시의 손길이 미치기를 바라는 마음으로 시작한 것이 무료 급식입니다.

월요일부터 금요일까지 점심을 무료로 제공합니다. 무료 급식소를 운영하기까지 어려운 점이 많이 있었습니다. 물론 지금도 봉사자도 부족하고 쌀도 부족하지만 주위의 뜻있는 분들의 도움을 입어 행복한 마음으로 급식에 임하고 있습니다. 50여 분의 자원봉사자들이 매일 교대로 일하면서도 어느 누구도 불평하거나 얼굴을 찡그리는 일도 없습니다. 참으로 고마운 분들입니다. 이 분들을 통해 참다운 실천의 숭고함을 배우며, 더불어 제가 해야 할 몫을 다시금 깨닫습니다.

장소가 비좁아 찾아오는 분들을 모두 대접하지 못할 때는 가슴을 도려내는 듯합니다. 제 마음 같아서는 하루에 적어도 두 끼, 아니 하루종일 식사를 대접하고 싶지만 형편상 그러지 못하는 것이 여간 마음 아프지 않습니다.

사람들은 저더러 고생을 자초한다고 해서 미련한 사람이라고 부릅니다. 하지만 저는 그 고생이 너무나 즐겁고 행복하기만 합니다. 더구나 무료 급식 봉사를 통해 진정한 봉사가 무엇인지 깨닮습니다. 배고픈 사람의 심정을 헤아리는 것, 어려운 일인 줄 알지만 그만큼 값진 일이기도 합니다.

홀로 공부하고 깨달음을 얻는 것도 중요하지만, 대중 속에서 고락을 함께 나누고, 서로에게 베풀면서 도를 깨우치는 것도 그만한 의미가 있습니다. 참선이란 반드시 깊은 산중에서만 깨우치는 것이 아니라, 대중 속에서 배우고 깨닫고 몸소 실천하는 것 역시 의미 있는 수행일 테지요. 제 한 몸 꺼질지라도 한 사람의 소중한 목숨을 살릴 수만 있다면 더 바랄 것이 없습니다.

우리는 자신만 생각합니다. 지금 우리가 배불러 졸음을 쫓아내고 있을 때 굶주림에 잠들지 못하는 이웃이 너무나 많습니다. 아니, 그들은 바로 우리 곁에 있습니다. 그런 생각이 우리 안에 머물 때, 그리고 작기만 한 그 생각이 행동으로 옮겨질 때, 그것이야말로 우리 사회를 밝히는 등불이 되는 길입니다.

날마다 아픈 마음, 아픈 상처, 아픈 몸을 이끌고 급식소에 들어서는 분들 모두가 제게는 스승입니다. 제 한 목숨 다할 때까지 그 스승들의 든든한 울타리가 되고 싶습니다. 그분들 때문에 제가 이 자리에 있는 것이니까요.

부처님께서는 수없이 많은 전생 동안 세상을 위한 헌신을 그치지 않으셨습니다. 님에게 아까운 것 하나 없이 그 무엇이든 바치고 싶은 이 마음, 오늘도 저는 이렇게 보시를 합니다.

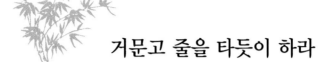

거문고 줄을 타듯이 하라

소오나는 부처가 되기를 바랐습니다. 그래서 석가모니의 제자가 되기로 마음먹었습니다. 마침내 석가모니의 제자가 되어 수행 공부에 들어갔지만, 서둘러 공부해서 부처가 되고 싶은 마음뿐이었습니다.

아무리 애써도 공부에는 진전이 없고, 해서 마음만 조급해지는 것도 당연했죠. 출가 전에 거문고를 잘 탔던 그는 수행 공부가 거문고 공부에 비해 훨씬 어렵다는 생각이 들었습니다.

그때 석가모니가 소오나를 불러 말씀하셨습니다.

"소오나여, 거문고를 탈 때 그 줄을 너무 죄면 어떻더냐?"

소오나가 대답했습니다.

"소리가 잘 나지 않습니다."

"줄을 너무 늦출 때는 어떻더냐?"

부처님이 다시 물었습니다.

"그때도 잘 나지 않았습니다. 너무 늦추거나 죄지 않게, 알맞게 골라야만 맑고 미묘한 소리가 납니다."

"그렇다. 수행도 거문고 줄과 마찬가지이니라. 정진할 때 너무 조급하면 들뜨게 되고 너무 느리면 게을러지는 법이니라."

소오나는 석가모니의 말씀에 자신을 바로잡고 수행에 임했으며, 훗날 큰 깨달음을 얻었다고 전합니다.

세상일도 이와 같습니다. 마음이 급하면 일을 그르치기 십상입니다. 또한 작심삼일이라고, 처음에는 요란하지만 오래 가지 못하는 경우도 많습니다. 말을 앞세우고 행동이 뒤따르지 않는 경우는 더욱 잦지요. 마음을 먹었더라도 막상 실천에 옮기기는 쉽지 않습니다.

모든 일에는 정도와 분수가 있습니다. 정도를 지키고 분수에 맞아야 제대로 되는 법입니다. 이 이야기에는 신중해야 한다는 교훈도 담겨 있습니다.

소오나의 이 일화는 우리가 본받아야 할 깨달음이라고 생각합니다.

그대, 지금 어디에 있는가?

그 옛날, 한 스님이 나무를 깎아 두 개의 조각을 만들었습니다. 그 조각은 모양새며 크기가 똑같았습니다. 스님은 도술을 베풀어 나무 조각에 생명을 불어넣었지요. 그리고는 그 두 개의 나무 조각 중 하나는 깊은 산 쪽으로, 다른 하나는 사람들이 사는 마을로 던졌습니다.

나무 조각을 각각 떠나보낸 뒤 스님은 부모가 자식을 멀리 떠나보낸 뒤처럼 늘 '잘 살아야 할 텐데……' 걱정했습니다. 그렇게 오랜 세월이 지났습니다. 그래도 여전히 스님은 절간 언덕에 해바라기를 하고 앉아 오래전에 떠나보낸 나무 조각들을 생각합니다.

그러던 어느 날, 깊은 산속을 지나던 스님은 크게 놀랐습니다. 아니 기쁨의 눈물을 흘릴 정도였지요. 산중으로 보내졌던 나무 조각이 산중호걸이라는 호랑이가 되어 모든 산을 뒤흔들 정도로 포효하는 게 아닙니까! 스님은 기쁘기 그지없었습니다. 나무 조각이 산중호걸이 되어 모든 산짐승들을 호령하고 있으니 말입니다.

'자랑스럽고 자랑스러운 일이다.'

스님은 얼굴 가득히 환한 웃음을 지어 보였습니다. 스님은 이제 마음이 조금 놓였습니다.

한참 뒤, 마을로 내려간 조각이 스님을 찾아왔습니다. 그 조각은 고양이가 되어 있었는데, 호랑이와는 달리 몹시 지쳐 있었고, 불안한 기색이 역력했습니다.

"네가 어찌 절간을 찾아왔느냐?"

"스님, 죽겠습니다. 저 좀 도와주세요."

고양이가 스님한테 도움을 청했습니다. 스님은 영문을 몰라 의아한 표정으로 고양이를 바라보았습니다.

"살기가 힘드느냐?"

"예. 개들 때문에 못살겠어요."

"개들 때문에 못살겠다고?"

스님은 고양이의 말을 이해할 수가 없었지요. 왜 고양이가 개들 때문에 못살겠다고 하소연하는 걸까요?

"제가 사는 마을에는 개들이 많이 살아요. 그런데 그것들이 저만 보면 잡아먹지 못해 으르렁대니 어찌해야 하나요?"

스님은 고양이의 말을 듣고 고개를 끄덕거렸습니다. 그리고 잠시 생각에 잠기더니 이렇게 말씀하셨습니다.

"그러면 방법을 일러 주마. 개들이 또 못살게 굴거든 반드시 이렇게 하거라."

스님이 고양이에게 일러준 방법이란 주문이었습니다. 개들을 만나 괴롭힘을 당하면 반드시 '옴식사바하'라는 주문을 외우라고 했습니다. 고양이는 너무나 고마워 스님께 큰절을 올리고 까불대며 마을을 향해 걸음을 재촉했습니다. 고양이는 자신의 머리가 나쁘다는 것을 알고 있었기 때문에 잠시도 쉬지 않고 '옴식사바하'를 입에 되뇌었습니다. 잊어버리면 낭패이니까요.

산의 중턱을 지나 나지막한 언덕에 다다랐을 때 언덕 너머에서 새들이 땅에서 재잘거렸습니다. 고양이는 간섭하기 좋아하는 습성이 있어서, 그대로 지나치지 못하고 그만 입속에서 뇌이던 주문도 멈춘 채 새들 쪽으로 부리나케 달려갔습니다. 그런데 고양이가 달려가자 새들은 저 멀리 하늘을 향해 날아가 버렸습니다.

'맛있는 먹이인데…….'

고양이는 입을 다시더니 다시 마을을 향해 걸음을 재촉했습니다. 그런데 아뿔싸, 이 일을 어쩌지요? 스님에게서 받은 그 주문을 잊어버리고 만 것입니다. 고양이는 자신의 경솔함을 후회하며 주문을 떠올리려 온갖 애를 썼지만 떠오르는 것은 단 한 글자, 식자 하나뿐이었습니다.

'나머지가 뭐였더라?'

그러나 아무리 생각해도 나머지 글자는 떠오르지 않았지요. 하는 수 없이 고양이는 푸념하며 마을로 터벅터벅 걸음을 옮겼습니다.

그런데 마을 어귀에 다다랐을 때 마을 앞에 여전히 개들이 무리를 지어 놀고 있었습니다. 고양이는 정말 낭패였습니다. 전처럼 고양이가 나타나자 개들이 다시 괴롭힐 태세를 취했습니다.

'에라, 모르겠다.'

고양이는 스님에게서 받은 주문 중 떠오른 단어라도 뇌어야겠다고 생각했습니다. 그러는 중에도 개들은 일제히 고양이를 향해 달려옵니다.

"식."

고양이가 주문을 외웁니다.

그러자 그 모습을 본 개들이 도망가지도 않고 혼자 중얼거리는 고양이를 의아한 표정으로 바라봅니다.

"시익?"

그러자 고양이가 또 주문을 외웁니다.

"식."

그러자 개들이 또 의아한 표정입니다.

"시익?"

그래서 개들이 고양이를 보면 '시익 시익' 한다는 우스갯소리가 생겨났다고 합니다.

이 우화는 환경이 얼마나 중요한지 가르쳐 줍니다. 똑같은 조건이었지만 산으로 간 동물은 호랑이가 되었고 마을로 내려간 동물은 고양이가 되었다는 이야기입니다.

오늘날 많은 이들이 자신의 처지에 불평불만을 늘어놓는 것을 자주 봅니다. 그러나 이 우화를 읽고, 어떤 자세로 어떤 환경을 만들어 가느냐에 따라 자신의 위치를 얼마든지 바꿀 수 있다는 사실을 깨닫습니다. 아니, 여러분 모두가 절실히 깨달아야 합니다. 환경은 스스로 만들어 가고, 힘겨운 환경을 이겨 나가는 것도 자기 자신입니다.

귀를 닦고 입을 다스리며

깨달음은 사유로부터 시작됩니다. 사유란 생각입니다. 인간이란 결국 생각을 벗어나 살 수 없기에 깨닫기 위해 존재하는 것이라고 여겨집니다. 하여 "한 생각 거두시게." 하는 화두가 공연히 있는 것이 아니지요.

어떤 이가 스님께 물었습니다.

"이 세상에서 가장 조용한 곳은 어디입니까?"

그러자 스님이 웃으면서 말씀하셨습니다.

"귀를 잘라 버리고 거리에 눕는 자리이지."

그러자 다시 물었습니다.

"그러면 그 조용한 자리에 있는 사람은 누구입니까?"

그 질문에 스님은 다만 자기 갈비뼈를 만져 보였다고 합니다.

짧은 이야기이지만, 참으로 위대한 진리입니다. 일의 시작은 듣는 것으로부터 시작됩니다. 듣지 않으면 말도 없는 법입니다. 귀를 열고 듣다 보니 생각이 일어나 입을 거듭 열게 되는 것이지요.

귀가 얇은 사람이 많습니다. 그런 사람들은 말도 많은 법입니다. 이 사람 저 사람 이야기를 듣고 다니니 그럴 수밖에 없지요. 또한 이런저런 말을 듣고 중심이 없이 흔들리니 당연히 불만도 많고 말이 많아지는 법이지요.

주위에서 보면 얇은 귀 때문에 마찰이나 분쟁이 일어나는 경우가 많습니다. 정치하는 사람들만 봐도, 어디서 들었는지 귀가 얇어서 들었던, 검증되지 않은 말을 내뱉어 구설수에 오릅니다. 수행자의 한 사람으로서 부끄럽고 가소롭기 짝이 없는 모습입니다.

우리 조상들은 지혜로워 듣는 것에도 신중했습니다. 사악한 소문은 귀머거리처럼 하고 입을 열기를 세 번 생각한 후에 말했습니다. 이것은 제가 늘 명심하는 좌우명 중 하나입니다. 이렇게 신중을 기하면 입을 열어 일어나는 모든 문제들로부터 벗어날 수 있지요. 사람들도 이러한 이치를 잘 알면서도 행하지 못합니다. 그 실천이 어렵기 때문입니다. 그러니 뜻과 포부와 결심은 크지만 그것을 실행하는 데는 대단한 각오가 따르는 법이지요.

우리가 부대끼는 많은 고뇌는 생각에서 비롯합니다. 생각을 벗어나 멍하니 살 도리가 없기에 그것은 숙명적입니다. 필연적으로 오는 고뇌, 이것도 무지에서 비롯되지요. 그러기에 수행을 통해 인연의 깊이를 깨달아야 합니다. 산다는 것이 실제 있지 않는 것을 있는 것으로 착각하고 보니 그러한 탓에 온갖 고통이 생기는 것이지요.

저로 인해 고통에 부대낀 수많은 인연들을 떠올려 봅니다. 제 자신이 그들에게 허상이고, 그들 또한 제게 허상인 것을……. 저 역시 인연에 집착한 삶을 이어온 것은 아닌가 스스로 돌아봅니다. 하여 지금이라도 외롭고 힘겨워하는 분들께 기쁨이 되는 삶이기를 바라며 행하고자 합니다. 하여 오늘도 제 귀를 닦고 입을 다스리는 수행을 그치지 말아야겠지요.

우리에게 필요한 자유

　엄밀히 말해 이 세상에 자유란 없습니다. 새처럼 자유롭게 창공을 날고 싶은 마음이 자유는 아닙니다. 우리가 그 자유를 실현하려고 나무에 올라가서 뛰어내린다면 불행한 결과를 맞을 것입니다. 우리는 자연의 법칙에 지배받고 있기 때문에 자유로울 수는 없습니다.

　새가 창공을 나는 행위에 대해 자유롭다고 말합니다. 그러나 새도 자유롭게 날고 있는 것은 아닙니다. 계절에 따라 철새들처럼 정해진 지역을 비상합니다. 나는 방향도 제멋대로가 아니라 정해져 있습니다. 종달새는 푸른 보리밭 위에서 날고, 갈매기는 부서지는 파도 위를 가릅니다. 밭으로 날아가는 갈매기도, 바다로 나아가는 종달새도 없습니다. 이처럼 동물은 대자유가 없습니다. 이는 곧 자유 의지가 없다는 말이지요. 본능에 의해 주어진 환경에 적응하며 살 뿐입니다.

그렇다면 새의 자유와 인간의 자유는 어떻게 다른가요? 새의 자유가 주어진 본능에 의한 순응하는 자유라면, 인간의 자유란 환경의 변화요, 진보의 추구입니다. 이것이 인간이 자유에 이르는 최초의 인식입니다.

러시아의 시인인 일린은 그의 저서《인간의 역사》에서 이렇게 말합니다.

"지상에는 거인이 있습니다. 그에게는 힘들이지 않고 기관차를 들어올리는 팔뚝이 있습니다. 하루에 수천 리를 달리는 발이 있습니다. 어떠한 새보다도 훨씬 높은 곳을 나는 날개가 있습니다. 어떠한 물고기보다도 훨씬 솜씨 좋게 물속을 헤엄치는 지느러미가 있습니다. 볼 수 없는 것을 보는 눈이 있고, 다른 대륙에서 들리는 소리를 듣는 귀가 있습니다. 산을 꿰뚫고, 폭포를 가로막는 힘을 그는 가지고 있습니다. 그는 뜻대로 대지를 뒤바꾸고, 숲을 만들고, 바다와 바다를 잇고, 사막을 물로 적십니다."

이 거인은 바로 인간입니다. 인간에 의해 자연이 통제되고 지배받는 것입니다. 오늘날, 자본주의 상황에서 오직 대자본의 이윤 추구를 위해 실시되는 난잡한 자연 파괴는 극에 달한 실정입니다. 이것은 결코 인간이 추구하는 자유가 아니라, 자유를 속박하는 행위일 뿐입니다. 너무 지나친 말인지 싶습니다. 하지만 인간의 자유 의지에는 대전제가 뒤따라야 합니다. 그것은 바로 인류의 생존이란 무엇인지 진지하게 생각해야 한다는 점입니다.

인류의 보존과 복지를 위해 자연과 사회를 관리하는 마음가짐이 필요합니다. 그래야만 인간이 진정한 의미의 주인이 되는 것이지요. 자각적인 노력을 기울일 때만이 진정한 자유가 있고, 대자유의 실현이 있는 법이지요. 자유란 주어지는 것이 아니라 스스로 만들어 가는 것입니다.

수행자가 자유를 얻고자 해서 산중에서 인간을 외면하고 면벽참선하는 일이 진정한 자유가 아니듯이 인간과 인간, 자연과 인간, 인간과 사회의 관계 속에서 흔들리지 않는 나를 만들어 갈 수 있을 때 비로소 대해탈의 경지에 이르는 법입니다.

버리고 가는 사람의 즐거움

우리는 빈손으로 세상에 옵니다. 육신 하나만 걸친 채 옵니다. 마음도 투명한 순수로만 가득 차 한없이 가벼울 따름이지요. 갓 태어난 아기는 작은 몸뚱이 하나와 뱃속에서 받은 엄마의 사랑이 소유의 전부입니다. 이처럼 빈손이기에 더없이 맑고 순수합니다. 우리가 아기를 좋아하는 이유도 여기에 있겠지요.

그런데 그 천진무구하던 아기에게 변화가 생깁니다. 옷을 입으면서, 옷에 달린 주머니에 무엇인가를 채우려고 합니다. 엄마의 사랑도 독차지하려 하고, 젖도 더 많이 먹으려고 합니다. 네 것과 내 것을 구별하면서 소유에 대한 욕심은 더욱 커집니다. 경

쟁에서 이기려고 합니다. 너보다 빨리, 너보다 많이, 너보다 낮
게……. 수많은 욕심이 우러납니다. 그게 바로 이기심이지요. 이
마음은 평생 동안 자신과 세상을 부여잡습니다.

세상은 많은 것이 제한되어 있습니다. 물질이 그렇고, 땅이 그
렇고, 자리가 그러합니다. 하여 등 붙일 방 한 칸도 미처 마련하
지 못한 이들도 많습니다. 이처럼 좁은 상황에서 필연적으로 경
쟁하지 않으면 안 되고, 그러한 경쟁이 결국 이기심으로 이어지
고, 마침내 욕망으로 나타나기 마련이지요. 이러한 모습은 상당
히 오랫동안, 아니 일생 내내 이어집니다. 이것이야말로 인간적
이요, 가장 자연스러운 모습인지도 모릅니다.

그런데 우리가 깨달을 것이 하나 있습니다. 그것은 우리 육신
은 자신도 모르는 사이에 하루하루 낡고 녹슬어 간다는 사실입니
다. 육신은 태어나 점점 살을 불리고, 키를 높이고, 힘을 키웁니
다. 그러다가 마흔에 이르면서 불린 몸이 줄어들고, 힘도 약해지
며, 머리마저 땅으로 숙입니다. 그렇게 늙어 병들고 지쳐 끝내는
제 몸을 흙 속에 묻어야 합니다.

죽는다는 것은 참으로 슬픈 일이지요. 세상에서 맺어 온 모든
인연을 풀어야 하니 더욱 그렇습니다. 사랑하는 가족과의 모든
인연을 정리해야 하기 때문입니다. 부모 형제의 정, 부부로서의
정도 마무리하고, 나를 아는 모든 이들과의 연을 끊어야 하는 힘
겨운 일이 뒤따르기 때문입니다.

그리고 홀연히 흩어지는 바람처럼 허공으로 사라집니다. 세상에 오기 전에 이 세상에 없었던 것처럼 그렇게 지워지지요. 하여 모든 것이 공(空)인가 봅니다. 따라서 마지막 손도 빈손입니다. 세상에 태어나 움켜잡은 모든 것들이 손에서 하염없이 떠나 버립니다. 그렇습니다. 빈손이지요.

몸뚱이마저 흔적도 없이 지워지는 인생이거늘 무엇을 얻기 위해 그토록 세상에 부대끼며 살았을까요? 소유하지 않고 인생을 살 도리는 없습니다. 하지만 버릴 수는 있습니다. 무소유란 소유하지 않는 것이 아니라 가진 것을 버릴 줄 아는 것을 말합니다. 버린다는 것이 소유하는 것보다 힘겨운 일인 줄 압니다. 그래서 버리는 사람을 우러르는 법이겠지요.

오늘, 버리는 지혜를 깨달아 보세요. 버릴 줄 알아야만 떠날 때 세상의 이치를 마음 편히 받아들일 수 있습니다. 이것이 진정 현명한 삶이겠지요. 무소유는 누구나 잊지 말아야 하는 삶의 지침입니다. 빈손으로 왔다가 빈손으로 가는 인생, 모든 이치는 빈손에서 비롯되는 법입니다.

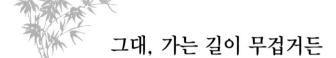

그대, 가는 길이 무겁거든

현대를 웰빙 시대라고 하는군요. 삶의 축이 잘 먹고 건강하게 잘 사는 데에 맞추어지고 있습니다. 그래서인지 웰빙에 대한 사람들의 관심도 높아지고 웰빙 관련 직업도 다양하게 생겨나고 있습니다. 웰빙, 참으로 좋은 말입니다. 한 번밖에 없는 인생인데 건강하게 잘 먹고 잘 살다 가는 것, 이것이야말로 현대인들의 현명한 삶이겠지요.

그러나 그 또한 집착을 통해서만 가능하지요. 집착은 지나친 욕심에서 비롯됩니다. 남보다 건강하게, 남보다 잘 먹고, 남보다 오래 살려는 욕심은 남들과의 경쟁을 부추깁니다. 거기에는 여러 가지 문제도 따릅니다. 그리고 우리는 결국 늙고 죽어야 한다는 운명을 벗어나지 못합니다.

천년만년 세상에 말뚝을 박고 살려는 듯이 재물과 명예와 인연에 집착하는 것을 보면 마음이 아프고 슬퍼집니다. 당장 내일 일도 알지 못하면서 무슨 영욕을 그리 간직하자고 아등바등 사는지……. 그런 모습을 볼 때마다 안타깝기 그지없습니다.

저는 한스럽게 죽은 이들의 영혼을 달래고 극락으로 인도하기도 합니다. 특히 결혼하지 못한 영혼을 위해 20여 년 동안 500여 쌍의 영혼 결혼식은 물론 천도제까지 올려주었지요.

이런 일을 하면서 '사람은 죽어 저승에 갈 때 무엇을 가지고 가는가?' 하는 생각을 수없이 합니다. 알몸으로 왔다가 알몸으로 가는 것이 우리의 당연한 이치이지요. 그렇다고 해서 모든 것을 버리고 가는 것은 아닙니다. 세상에 발을 디디면서 베푼 공덕과 업보는 그대로 다음 생에 짊어지고 가야 합니다. 알몸이되 알몸이 아닌 이유가 여기에 있습니다.

불교의 경전 중 하나인 《잡아함경》에는 다음과 같은 비유가 나옵니다.

한 남자가 네 명의 아내와 함께 살고 있었습니다. 첫째 부인에 대한 사랑은 각별해서 먹고 자는 것을 늘 같이했습니다. 둘째 부인은 첫째 부인보다는 덜하지만, 깨어 있을 때는 곁을 떠나지 않도록 했습니다. 그러나 셋째 부인은 이따금 생각날 때만 찾아갔고, 넷째 부인은 다른 부인들보다 열심히 남편의 시중을 들었지만 남편은 거들떠보지 않았습니다.

그런데 하루는 남편이 먼 길을 떠나게 되었습니다. 그래서 그는 첫째 부인에게 같이 가 줄 것을 요청했지요. 하지만 첫째 부인은 단호하게 거절했습니다. 둘째 부인 역시 마찬가지였지요. 둘째 부인은 오히려 이렇게 반문했습니다.

"당신이 가장 아끼고 사랑하는 첫째 부인도 거절하는 마당에 제가 무엇 때문에 따라가야 하나요?"

결국 셋째 부인에게 부탁해야 했습니다. 그러자 셋째 부인은 한평생 크고 작은 신세를 많이 졌으니 마을 어귀까지는 같이 가 드릴 수 있노라고 했습니다.

남편에게는 먼 길에 자신을 도와줄 아내가 필요했습니다. 그러나 사랑을 베푼 세 부인이 모두 그와의 동행을 외면했습니다.

결국 염치없게도 그간 거들떠보지 않은 넷째 부인에게 요청해야만 했습니다. 그러자 넷째 부인은 단호하게 말했습니다.

"당신이 가는 곳이면 어디든 따라가겠습니다."

남편은 놀라고 고마웠습니다. 그리고 그동안 그토록 외면했음에도 선뜻 같이 가겠다는 말에 놀랐고, 자신에 대해 아낌없는 사랑에 고마웠습니다. 그동안 아무런 사랑도 주지 않았을 뿐 아니라 오히려 꾸짖기만 한 자신을 용서할 수가 없었습니다.

이 이야기에는 많은 의미가 담겨 있습니다. 여기서 남편이 떠나는 먼 길은 죽음의 길을 말합니다. 첫째 부인은 우리가 가장 아끼는 육신이지요. 우리는 육신을 한 번도 중요하게 생각하지 않은 적이 없습니다. 육신이 원하면 무엇이든지 먹여 주고, 즐겁게 해주고, 아프면 치료까지 해줍니다. 그럼에도 육신은 마지막 길을 같이 하지 않습니다. 둘째 부인은 명예와 재물을 의미합니다. 명예나 재물을 위해 모든 정성을 기울였지만 차가운 시선은 육신이나 마찬가지이지요. 셋째 부인은 가족과 친척, 친구를 의미합니다. 우리가 죽으면 이들이 묘지까지 배웅해 줍니다. 그러나 그들의 기억은 그렇게 길지 못합니다.

그렇다면 마지막 넷째 부인은 무엇을 의미할까요? 그것은 바로 업입니다. 마지막에 무엇을 가지고 가는지 깨달아야 합니다. 육체나 명예, 재물은 죽음 앞에서는 부질없습니다. 그러니 알몸으로 와서 알몸으로 가는 인생이라고 말하는 것이겠지요. 하기에 사람으로 태어나 무슨 업보를 가지고 가느냐가 더없이 중요합니다.

이제 우리가 어떻게 살아야 하는지 그 대답은 분명해졌습니다. 이기주의와 물질, 탐욕에 병든 우리가 지금 무엇보다 먼저 서두를 일은 자신이 가진 것을 하나씩 버리는 것이지요. 조금씩 마음을 비우는 것이지요.

그 자루를 함부로 열지 말게

도심에 나가면 어디서든 오디세우스라는 간판들과 마주칩니다. 그래서 오디세우스라는 말은 우리에게 친숙한가 봅니다. 오디세우스는 고대 그리스의 서사 시인인 호메로스의 희곡 《오디세이아》에 등장하는 주인공 이름입니다. 이러한 인물이 시간과 공간을 뛰어넘어 오늘날 간판으로까지 자리를 잡고 있다는 사실에 놀랄 따름입니다. '아이디어 하나는 기발하구나.' 하는 감탄마저 떠오를 정도이죠.

물론 세상 사람들의 입에 오르내리는 데에는 그만한 까닭이 있을 테지요. 오디세우스라 부르는 발음이 입에 착 달라붙고, 입속에 감기는 것이 우리말도 아니면서 새콤달콤하게 느껴집니다. 그러니 외국 것을 좋아하는 젊은이들을 자연스럽게 끌어들이는가 봅니다. 그래서일까요? 오디세우스라는 간판을 내건 곳은 대부분 카페를 비롯하여 젊은이들이 자주 찾는 곳입니다.

그런데 여러분은 과연 오디세우스가 누구인지 제대로 알고 있는지 궁금하군요. 그리고 오디세우스가 우리에게 주는 의미가 무엇인지 아는지요?

여러분도 아시다시피 오디세우스는 그리스 신화에 나오는 인물입니다. 오디세우스는 트로이 전쟁에서 승리한 뒤 병사들을 이끌고 고국에 돌아가지요. 이 섬 저 섬을 지나면서 오디세우스 일행은 승리의 자만심에 빠져 온갖 약탈과 폭행을 일삼았습니다. 이 때문에 그들은 바다의 신인 포세이돈의 노여움을 사, 폭풍우에 시달려야 했지요.

그러다 제우스와 여신인 칼립소를 만나는데, 칼립소는 오디세우스를 감금하고 7년 동안 데리고 살기도 했습니다. 그러나 고향으로 돌아갈 마음이 간절한 오디세우스 일행은 다시 배에 몸을 실었고, 바람의 신인 아이올로스를 만납니다. 오디세우스는 무릎을 꿇고 아이올로스에게 도움을 요청합니다. 전쟁에서 승리하고 고국으로 가는 길에 풍랑을 만나 난처한 상황이니 제발 도와 달라고 간청했습니다.

아이올로스는 오디세우스의 이야기를 듣고 도와주겠다고 약속합니다. 아이올로스는 일주일 동안 오디세우스와 그가 이끄는 병사들을 위해 성대한 잔치를 베풀어주었습니다. 그리고 오디세우스 일행이 아이올로스의 섬을 떠나던 날, 오디세우스에게 자루 하나를 건네면서 바다를 완전히 건너기 전에는 이 자루를 절대로 열지 말라고 신신당부했습니다.

오디세우스 일행은 아이올로스의 도움으로 고국을 향해 바닷길에 오릅니다. 가는 길은 더없이 순조로웠지요. 풍랑도 없고, 태풍도 없습니다. 그렇게 고국이 눈앞에 보이기 시작합니다. 오디세우스는 두고 온 아내와 10여 년 만에 만날 자식들 생각을 하며 세상에서 가장 달콤한 잠에 빠져듭니다.

병사들의 마음도 오디세우스와 같았습니다. 얼마나 보고 싶던 고국인가요. 그리운 가족들, 생각만 해도 가슴이 뜀박질합니다. 그런 그들의 시야에 전리품이 가득 담긴 자루들이 들어옵니다. 이 전리품들을 나누어 받아 가족에게 달려갈 순간이 바로 눈앞에 다가오고 있습니다. 그들은 섬에서 싸워 약탈한 전리품들을 꺼내 보기 시작합니다.

그리고 마침내 오디세우스가 품에 안은 자루 하나가 보입니다. 그 안에는 아이올로스부터 받은 전리품이 들어 있습니다.

'왕의 전리품은 무엇일까?'

병사들이 궁금해하자 한 병사가 참지 못하고 그 전리품 자루를 풀고 맙니다. 왜 그들은 그 순간을 참지 못했을까요?

하지만 그 안에는 그들이 생각한 더없이 화려한 전리품은 하나도 없었습니다. 아이올로스는 바다에 있는 모든 바람을 모아 그 자루에 담아 놓았던 것입니다. 자루가 열리는 순간 엄청난 바람이 몰려나왔고, 그 때문에 오디세우스 일행은 다시 아이올로스가 있는 섬으로 떠밀려 가고 말았습니다.

참을 수 없는 욕망이 원인이었습니다. 아주 잠깐만 그 마음을 참을 수 있었더라면 오디세우스 일행은 무사히 고국 땅을 밟았을 터였습니다. 그 순간을 참지 못한 탓에 일행은 어처구니없이 고통 속으로 되돌아가고 맙니다.

오디세우스에는 이런 의미가 담겨 있습니다. 아울러 이 의미를 절실히 깨닫기를 바랍니다. 욕심이 지나치면 엄청난 재난이 따른다는 깊은 의미를 늘 새겨 두었으면 합니다. 실패한 사람들일수록 욕심이 지나쳤는가를 살피고 살펴야 합니다. 그런데도 그 욕심을 좀처럼 지우기가 어려운가 봅니다. 산다는 것 자체가 욕심을 낳는 법이라지만, 그럴수록 다시 한번 생각하고 깨우쳐야 합니다. 허튼 욕심 때문에 고통을 껴안은 채 살아서는 안 될 일이니까요.

마음을 비우면 가능합니다. 마음을 비운다는 것은 욕심을 버린다는 의미이지요. 작은 것에 만족하고 기뻐할 줄 아는 마음가짐이 필요합니다. 태어날 때 빈손으로 이 세상에 온 것처럼 돌아갈 때 역시 빈손이란 사실을 잊어서는 안 됩니다.

빌리지 않은 것이 없느니

고려 말의 학자인 이곡은 〈차마설〉에서, 말을 빌려 타는 경험을 통해 사람의 마음이 얼마나 간사한지 말하고 있습니다.

집이 가난해서 말을 빌려 타야 했던 그는 말에 따라 타는 법이 달랐다고 합니다. 여위고 둔해 걸음이 느린 말을 탈 때는 급한 일이 있어도 감히 채찍질을 하지 못하고 조심조심 달렸으며, 개울이나 구렁을 만나면 말에서 내려서 걸어갔습니다. 그래서 아무리 부실한 말이라도 후회하는 일이 없다고 적고 있습니다. 반면에 준마를 빌려 탈 때는 의기양양하게 마음대로 채찍질해서 달립니다. 고삐를 놓으면 언덕마저 평지처럼 보여 마음이 장쾌해집니다. 그러나 어떤 때는 위태롭기만 해서 떨어질까 두렵다고 합니다. 그래서 사람의 마음이 이처럼 변덕스럽고 빌려 쓰는 것도 이와 같은데, 하물며 자신이 소유한 것이라면 더할 것이라고 질책했습니다.

그는 이 글에서"사람은 자신이 가지고 있는 것이 무엇이든 빌리지 않은 것이 없다."고 했습니다. 임금은 백성으로부터 힘을 빌려 높고 부귀한 자리를 가졌으며, 신하는 임금으로부터 권세를 빌려 은총과 귀함을 누리는 법이라고 그는 지적합니다. 또한 아들은 아비로부터, 지어미는 지아비로부터, 하인은 상전으로부터 힘과 권세를 빌려 가진다고 했습니다. 사람들은 이처럼 빌린 바가 많지만 자기 소유처럼 여기고 끝내 반성할 줄 모른다고 하니, 부끄럽기 그지없는 일입니다. 그래서 그는 빌린 것이 주인에게 돌아가면 임금도 외톨이가 되는 법이라고 강조했습니다.

맹자는"남의 것을 오랫동안 빌려 쓰고 있으면서 돌려주지 않으면 그것이 자신의 소유가 아닌 것을 잊어버린다."라고 경고합니다. 〈차마설〉 역시 이와 다를 바 없습니다.

우리는 변화의 시대에 살고 있습니다. 변화무쌍한 시대이기에 거기에 적응하기 위해 우리 역시 변화해야만 합니다. 그러나 변화라는 것은 지엽적입니다. 우리의 본성까지 변할 수는 없는 법이니까요.

우리는 누구나 현대의 발달된 문명을 누리며 살아갑니다. 더구나 누구나 극장처럼 공연 시설을 관람하듯이 문명의 혜택을 공유합니다. 그런데 사람들은 공유물임에도 불구하고 그것을 자기 개인의 소유물처럼 사용합니다.

이곡의 글을 통해 여러분도 분별력을 배웠으면 합니다. 세상에 영원한 내 것은 없습니다. 우리 몸도 결국 우리 것이 아닌, 자연으로 돌려주어야 합니다. 인생은 결국 빈손으로 와서 빈손으로 돌아가는 운명이기 때문입니다.

왜 이리 가슴이 아픈가?

교도소에 있는 수인들로부터 편지를 받곤 합니다. 제가 쓴 글을 읽은 분들이 편지를 보내옵니다. 또박또박 정성 들여 쓴 글, 그 사연 너 머로 또 다른 느낌이 전해 옵니다. 한 자 한 자 적으면서 참회하고 눈물 흘렸을 그분들을 생각하면 절로 가슴이 미어집니다. 그분들의 편지를 읽을 때마다 오히려 제가 그분들께 많은 도움을 주지 못한 것이 마음에 걸리기만 합니다.

교도소 안에 있는 몸이지만 생각은 매우 자유롭습니다. 어떨 때는 수행자인 저보다 마음이 자유로운 분들을 만날 때도 있습니다. 그럴 때면 제 마음이 숙연해집니다. 그분들을 만나면 자연히 고개를 숙일 수밖에 없습니다. 하여 수행자로서 한 걸음 내딛는 발걸음이 조심스럽습니다.

그분들과 대화를 나누다 보면 솔직하다는 것이 어떤 것인지 깨닫습니다. 몸은 창살에 갇혀 있어도 생각의 폭은 넓고 깊어서 진솔한 언어들이 숨어 있는 것을 경험합니다. 자신의 처지가 궁색해짐으로써 진정한 자신을 발견하는 것이지요. 이들에게 어떤 말을 해야 하나요? 자비를 빌어 볼 따름입니다. 희망을 버리지 마시라고…….

사형수들을 만날 때도 있습니다. 그것도 집행되기 직전에 만나는 사형수는 감회가 남다르고, 이루 말로 형용할 수 없는 감정이 소용돌이칩니다. 인간이 틀에 맞춘 제도로 인간의 목숨을 다룬다는 것이 참으로 죄스럽습니다. 물론 수형자도 나름의 죄는 있겠지만 죄는 이미 쏟아졌고 참회의 길은 멀기만 합니다. 그런데 서둘러 사형을 집행한다는 것이 너무나 매몰차기만 합니다.

많은 사형수들이 죽음에 임박해서 진정으로 참회합니다. 저세상에 갈 때는 깨끗한 영혼으로 가고자 하는 바람을 내보입니다. 그것은 다음 세상에서는 착하게 살고자 하는 초연한 바람이요, 눈물입니다. 그처럼 참회의 눈물을 흘릴 때는 제가 대신 죽어 주고 싶은 마음이 간절합니다. 자식을 전장에 내보낸 부모의 마음처럼 말입니다.

죽음 앞에서 진리로 돌아가는 것이 인지상정인가 봅니다. 그

때가 되어서야 세상의 참된 말씀이 영롱히 떠오르니 그 눈물이 뜨거워질 테지요. 인과응보란 우리로서는 피해갈 수 없는 숙명입니다. 모든 것은 맺은 사람이 풀어야 하는 법입니다. 그러니 승려인 저로서도 더 이상 달리해줄 방법이 없습니다.

가엾은 그들이 다음 생애에는 현세의 업을 떨쳐 버리고 새롭게 거듭나기를 빌 따름입니다. 그림자는 한평생을 따라다니지만 몸이 없어지면 그림자도 없어집니다. 그러나 업이란 천리만리까지도 영혼의 그림자가 되어 나를 따라다니는 법입니다. 이 이치를 안다면 죽음도 가볍고, 인생을 헛되게 다루지 않겠지요.

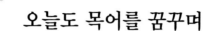

오늘도 목어를 꿈꾸며

나무로 잉어 모양을 만들어 예불을 올릴 때 두드리는 목어가 있습니다. 목어 소리가 경내에 퍼지면 모든 사물들이 잠에서 깨어납니다. 사람들의 잠든 의식도 목어 소리에 깨어납니다.

목어는 언제나 눈을 뜨고 있습니다. 그처럼 수행자들도 눈을 뜨고 수행 정진하라는 뜻이겠지요. 세상의 지도자는 이처럼 항상 깨어 있어야 합니다. 한시도 눈을 감아서는 안 됩니다. 그것은 세상 사람들에 대한 관심과 사랑과 배려를 내포합니다. 세상의 지도자란 그런 자질을 갖춘 사람입니다.

하여 목어를 곁에 두는 사람은 선각자가 되어야 합니다. 험한

산골도 올라가 보아야 하고, 거센 강줄기도 거슬러 볼 줄 알아야 합니다.

세찬 풍파도 외면해서는 안 됩니다. 그래야 목어를 가까이 할 수 있습니다. 그 스스로 목어가 될 수 있기 때문입니다.

평생을 눈을 뜨고 살아야 하는 물고기처럼 수행자의 길이란 고행의 길입니다. 눈을 잠시라도 감고 게을리해서는 안 됩니다. 수행자는 결코 깨어 있지 않으면 안 되는 법이지요.

우리가 사는 세상은 물속보다 훨씬 위험합니다. 눈을 잠시만 돌려 보면 사방이 나를 유혹합니다. 걸어온 힘든 길을 버리고 편한 지름길로 오라고 속삭입니다. 그 말은 너무나 달콤합니다. 많은 사람들이 다닌 길이니 편한 마음으로 들어서라고 부추깁니다.

그런데 길을 걷는 이유가 무엇인지 생각하는 사람에게 사람들이 다닌 길은 결코 의미 있는 길이 아닙니다. 사람들이 다닌 길에서는 새로움을 발견하기가 어렵습니다. 또한 보물을 발견하고자 한다면 당연히 사람들이 가지 않은 험한 길을 가야 합니다. 찾고자 하는 것이 그렇게 쉬운 데에 있을 리 없기 때문입니다.

우리가 오르려는 목적지는 결코 쉽지 않습니다. 쉬운 길은 중턱에 서 비스듬히 비껴나가는 길입니다. 산을 올라가 보면 쉽게 알 수 있습니다. 현명한 사람들은 비록 힘이 들지만 험한 길을 택합니다. 사람들 이 가기 싫어하는 길을 택합니다.

험한 길 위에 있기 때문에 깨어 있어야 합니다. 깨어 있어야 보물을 발견하고, 진리를 발견할 수 있는 법이지요. 그런 의미에서 목어는 우리한테 많은 것을 시사해 주는 법구입니다.

진리란 깨달음에서 비롯됩니다. 깨달음의 과정이 어려울수록 발견하는 진리는 소중합니다. 그러한 깨달음은 남의 것이 아닌 나의 것입니다. 나의 깨달음을 얻기 위해, 그리고 세상을 구제하기 위한 삶이라면 언제나 목어처럼 깨어 있어야 하는 법을 알아야 합니다.

말보다 행하기가 어려운 법

　　백락천은 중국 당나라 때 천하제일의 문장가였습니다. 백성들
로부터 존경받음은 물론 깨달음도 높았습니다.

　　그가 하루는 도림선사를 찾아가 물었습니다.

　　"스님, 어떤 것이 불법의 큰 뜻입니까?"

　　선사가 대답했습니다.

　　"착한 일은 행하고 나쁜 일은 행하지 말게나."

　　그러자 그는 크게 웃으며 반문했습니다.

　　"스님, 그 정도야 삼척동자라도 다 아는 것이 아닙니까?"

　　도림선사는 그의 웃음에 단호하게 대답했습니다.

"그렇지, 삼척동자도 다 아는 일이지. 하지만 80살 된 노인도 행하기는 어려운 일이라네."

그 말을 들은 백락천은 깊은 깨달음을 얻었고, 엎드려 스님께 삼배를 올렸습니다.

이 일화는 우리가 가슴에 새겨둘 이야기입니다. 내게 도움이 되면 남에게는 피해가 되는 경우가 많습니다. 내가 돈을 벌면 누군가에게는 분명 그만한 피해를 입히기 마련입니다. 부동산 투자로 돈을 번 사람은 누군가에게 그만큼의 손해를 끼쳤을 것입니다. 복권 사업을 하는 업자는 수많은 국민들에게 크고 작은 손해를 입힌 셈입니다. 그러니 내게도 좋고 남에게도 좋은 일만 행하고 사는 일은 그만큼 어렵지요. 그래서 숭고한 일이기도 하지요. 맞습니다. 이 시대가 필요로 하는 삶이 바로 그런 모습입니다.

가만히 앉아 있어도 살기 좋은 세상이 찾아오는 것은 절대 아닙니다. 남을 생각하는 이타심, 자기의 시간과 정력을 스스로 투자하는 자발성, 그러면서도 대가를 바라지 않는 무보수의 봉사 활동, 이러한 것들이 모여야 살기 좋은 세상, 살 만한 세상, 마음 편히 살 수 있는 세상, 힘없고 가난한 사람들도 잘 살 수 있는 세상이 되는 것입니다.

이것을 모르는 사람은 아무도 없습니다. 너무나 당연한 상식이지요. 그렇기 때문에 이런 말을 들었을 때 식상하게 여겨지기도 하죠. 그런데 문제는 실천하기 어렵다는 것입니다. 도림선사의 교훈이 상식적인 내용이지만 결국 실천하기 어려운 것처럼 말입니다.

불교란 인간을 구제하며, 인간을 행복하게 만들고, 안정된 사회, 평등한 인간 세상을 만드는 사명을 갖고 있습니다. 이러한 사명은 실천 속에서 이루어지는 법입니다. 이것은 너무나 쉬운 진리요, 상식 안에 있는 진리이지만 실천하기는 쉽지 않습니다. 그럴수록 마음에 새기고 또 새겨야 하는 것이기도 합니다. 실천이 상식처럼 쉽게 받아들 여지는 세상이기를 바라는 마음입니다.

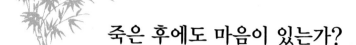

죽은 후에도 마음이 있는가?

스님이 길을 가는데 한 청년이 스님 쪽으로 황급히 다가왔습니다. 그 청년은 스님께 이렇게 물었습니다.

"스님, 몸이 죽은 뒤에도 마음이 있습니까?"

청년의 질문에 스님은 가던 걸음을 멈추고 대답했습니다.

"몸은 마음에 따라 있는 것이지, 어찌 몸이 죽는다고 해서 마음이 없겠느냐?"

"마음이 있다면 그 마음을 보여 주시겠습니까, 스님?" 스님은 웃으며 청년에게 되물었습니다.

"그대는 내일 아침이 있다는 걸 아느냐?"

"물론 압니다."

"그러면 내일 아침을 내게 보여 주겠느냐?"

스님이 말했습니다.

"내일 아침은 분명히 있지만 보여 드릴 수는 없습니다."

"그것 보아라. 장님이 해를 보지 못한다고 해가 없다고 하겠느냐?"

스님의 말에 청년은 아무런 대꾸도 하지 못한 채 고개만 끄덕거릴 뿐이었습니다.

마음은 영원한 것입니다. 그러기에 마음을 곱게 쓰지 않으면 안 됩니다. 겉만 예쁘게 가꾸지 말고 마음을 예쁘게 가꾸는 것이 훨씬 의미 있습니다. 마음은 영원히 가지고 갈 수가 있기 때문입니다.

사람들은 눈에 보이지 않는 것을 가볍게 여깁니다. 내면은 당장 겉으로 드러나지 않기 때문에 가볍게 여기는 것입니다. 내면을 가꾸고 돌보기 위해 땀을 흘리는 것이 아니라 보이는 것만을 위해 정성을 쏟습니다. 그러나 그런 사람일수록 경박하고 실속이 없습니다. 허수아비 같은 사람이라고 해야 옳을까요?

사람들은 보이는 것만 믿으려고 합니다. 미래는 당장에 보이지 않을지라도 반드시 존재합니다. 이상도 실체는 없지만 반드시 있습니다. 아름드리나무는 그만큼 뿌리가 견고하듯이 땅속에 분명히 뿌리를 숨기고 있습니다. 보이지 않는다고 뿌리가 없다고 말할 수는 없습니다. 그러니 보이지 않는 것에 대한 믿음이 중요한 법이지요.

미래의 나의 모습은 당장 눈앞에 보이지 않습니다. 그러나 분명히 있습니다.

'보이지 않는 뿌리는 어디에 있는가?'

'내가 과거에 어떻게 살았고, 현재 내가 어떻게 살고 있는가?' 오늘 이렇게 고민하는 여러분이 바로 내일 여러분의 모습입니다. 사람들은 죽음을 염려합니다. 그러나 걱정할 것이 없습니다. 내가 오늘 최선을 다해 산다면 그것 또한 짐작할 수 있기 때문입니다. 내가 부처를 본받으며 살려고 한다면 미래의 내가 부처가 되어 있을 것이요, 부처와 더불어 극락세계에 있지 않겠습니까?

보이지 않는 세계에 대한 믿음과 확신을 가지고, 우리의 미래를 두렵지 않는 미래로, 평화롭고 행복이 가득한 미래로 만들어 가야 합니다. 그러기 위해서는 현재의 나를 가꾸고 보살피는 일이 중요합니다.

모두가 부처를 닮아 먼 훗날 극락왕생하기를 비는 마음입니다.

공자에게서 깨달음을 구하다

　승려라고 다른 종교를 배척하지 않습니다. 석가와 예수가 적이 아니듯이 그를 따르고 흠모하는 이들 서로 적이 아닙니다. 서로 공존해야 하고, 서로가 너그러워야 하고, 서로 존중해야 합니다. 그 정신을 본받고자 함이니, 어찌 보면 그 추구하는 바가 같을지도 모르지요. 오늘은 그중에서도 유교에 대해 한 말씀 드릴까 합니다.

　유교는 우리의 생활 속에 뿌리내린 철학이거니와, 유교가 지니는 미덕 또한 간과할 수 없습니다. 특히 유교에서 4는 매우 안정된 숫자로 여겨, 4로 이루어진 덕목이 의외로 많습니다.

유교에서는 여자가 갖추어야 할 기본적인 것도 네 가지를 지적합니다. 그것을 사행(四行)이라 하는데, 마음씨, 말씨, 맵시, 솜씨가 그것입니다. 또한 인륜으로 갖추어야 할 덕목으로 효(孝), 제(悌), 충(忠), 신(信) 네 가지를 꼽습니다.

사덕(四德)도 그렇습니다. 사덕이란 군자가 지녀야 할 네 가지 품성으로, 인(仁), 의(義), 예(禮), 지(智)를 말합니다. 인은 측은히 여기는 마음입니다. 불쌍한 사람을 보고 측은한 마음이 일지 않으면 어질지 못합니다. 의는 부끄러워하는 마음입니다. 내가 어떤 잘못을 저지르고 부끄럽지 않으면 군자가 아닙니다. 부끄러움을 알아야 깨달음의 길로 갈 수가 있는 법이지요. 예란 사양하는 마음입니다. 사람이 덥석덥석 받아 줄 것이 아니요, 사양할 줄 알아야 한다는 것입니다. 사람이나 어떤 일에 대해 어려워할 줄 알아야 하는 것입니다. 지란 옳고 그름을 가리는 마음입니다.

이러한 네 가지 분별력이 생겨야 모름지기 덕을 수행할 수 있습니다. 이 네 가지만 잘 다스려도 우리는 부처를 닮을 수가 있습니다. 불법에서만 반드시 부처를 발견하고 부처의 말씀을 수행할 수 있는 것은 아니니까요.

또한 사덕에는 칠정(七情)이란 것이 있습니다. 칠정은 우리가 살면서 날마다 맞닥뜨리는 욕망으로, 그만큼 다스리기도 쉽지 않습니다. 칠정이란 기쁨, 노여움, 슬픔, 기쁨, 사랑, 증오, 욕심을 말합니다.

모든 것은 마음에서 비롯됩니다. 외부로 시선을 돌리기보다는 모든 문제를 자신의 내부에서 찾아야 합니다. 처음 발단이 되었던 것을 찾아 풀면 모든 일이 원만하게 풀립니다. 불성이란 그것을 찾아가는 길이지요.

스스로를 깊이 깨닫고 진실을 찾아내어 내부에 잠재하는 어둡고 사악한 마음을 바꾸고 인격을 도야하는 길이 생명을 찾는 기쁨의 길입니다. 그런 바탕 위에 부처의 깨달음을 몸소 실천하는 과정이야말로 인류의 완성을 이루는 길이겠지요.

이처럼 다른 종교나 다른 철학을 배척할 것이 아니라 거기에서 또 한 진리를 찾아내야 합니다. 그처럼 어느 세계나 어느 종교든 숭고하고 오묘함이 깃들어 있는 게 아닌가 생각해 봅니다.

가볍디 가벼운 수행의 무게

인생은 억겁을 통해 돌고 도는 운명을 가지고 있습니다. 한 생애 한 생애 최선을 다할 때 자신이 원하는 생명에 가까이 다가갈 수 있는 법입니다.

그렇다면 부처는 전생에 무엇이었을까요? 부처님도 전생에 수행자였습니다. 전생의 수행을 통해 부처가 된 것입니다. 부처는 전생의 수행자였을 때, 살아 있는 모든 생명을 해치지 않고 보호하리라는 마음을 지녔다고 합니다.

그런 어느 날, 한 마리의 비둘기가 품 안에 급히 날아들었습니다. 독수리에게 쫓기고 있는 몸이었지요.

수행자는 비둘기를 가슴에 품고 비둘기를 쫓아온 독수리와 마주했습니다. 독수리가 수행자에게 말했습니다.

"제 먹이를 건네주세요."

수행자는 독수리를 똑바로 쳐다보며 말했습니다.

"나는 어떤 생명도 죽이지 않을 뿐 아니라 죽이는 것도 그대로 두지 않겠다고 맹세한 수행자이니라. 비둘기가 죽도록 너에게 내어줄 수 없다."

독수리가 애원하듯이 수행자에게 다시 말했습니다.

"저 역시 살아 있는 생명입니다. 저는 배를 채우기 위해 비둘기를 먹으려는 것이 아닙니다. 비둘기를 먹지 않으면 목숨을 이을 수 없기 때문에 이러는 것입니다."

수행자는 독수리의 말을 듣고, 독수리의 입장이 너무 딱해 비둘기의 무게만큼 자신의 살점을 베어 독수리에게 주기로 약속했습니다. 먼저 자신의 팔을 잘랐고, 비둘기 무게와 같은지 저울에 달아보았습니다. 그런데 비둘기 무게에 미치지 못했습니다. 수행자는 궁리 끝에 자신의 다리를 잘라 저울에 달았습니다. 그런데도 비둘기의 무게에 미치지 못했습니다. 수행자는 몹시 난감했습니다.

'어떻게 한단 말이냐? 약속은 목숨보다 소중한 것이 아닌가.' 마침내 수행자는 결심한 듯이 저울에 자신의 몸을 얹어 보았습니다. 그런데 놀랍게도 자신의 몸이 비둘기의 무게와 똑같았습니

다. 수행자는 아무런 주저함도 없이 독수리에게 자신의 몸을 내
놓았습니다. 약속을 지키기 위해서였지요. 그런 살신성인을 통해
수행자는 자신과의 약속을 지킨 것입니다. 그런 과정을 통해 수
행자는 후세에 부처로 태어났다고 합니다.

부처는 자신의 생명을 아낌없이 바칠 수 있어야만 오를 수 있
는 자리이지요. 존재하는 모든 생명체의 무게가 똑같다는 것을
깨닫는 것은 그렇게 쉬운 일이 아닙니다. 생명의 무게가 똑같다
는 의미를 깨닫고, 그 생명체를 위해서도 자신을 바칠 수 있을 때
비로소 부처가 될 수 있는 법입니다.

그렇다면 저는 전생에 얼마나 수행을 쌓았을까요? 생각할수록
터무니없이 모자라고, 그래서 더욱 지금 수행을 게을리할 수가
없습니다. 아니, 수행의 길은 끝이 없습니다. 아마도 후세에서도
끝없는 수행의 길을 걸어야겠지요. 그것이 제 업보라 해도 후회
하지 않으렵니다. 오히려 그 길을 택하렵니다. 수행의 길은 어둡
고 멀어도 언젠가 밝은 깨달음 속에서 아름다운 세상을 만날 수
있기 때문입니다.

그대 스스로 가두는 피노피콘

원형 감옥을 피노피콘이라 합니다. 감옥의 전체적인 형태는
원형이고, 피라미드식 모양을 하고 있습니다. 원추형이라고 이해
하면 쉽게 떠올릴 수 있을 테지요. 망루에서는 죄수들이 앉아 있
는 방을 모두 관찰할 수가 있지만, 죄수 쪽에서는 망루를 볼 수
없는 구조입니다.

그런데 망루에는 감시원이 없습니다. 그런데도 죄수들은 감시
원이 있다고 짐작해 스스로 행동을 억제하니 탈출 시도는 엄두도
내지 못합니다. 그렇게 감시원 없이도 감옥은 감옥의 역할을 확
실히 수행합니다. 어찌 보면 죄수들 자신이 감시자가 되어 자신

을 감시한 셈이기도 하지요.

피노피콘은 현대인들의 신뢰하지 못하는 관계를 비유하고 있습니다. 버스 전용 차선이나 백화점, 대형마트 등에는 어김없이 감시 카메라가 작동하고 있습니다. 누구든 믿지 못하겠다는 뜻이지요. 대중목욕탕에도 감시 카메라가 설치될 정도이니 참으로 허탈하고 씁쓸하기만 하군요.

어릴 때 책보자기를 어깨에 메고 사립문을 나설 때마다 어머니께서 당부하신 말씀이 떠오릅니다.

"선생님 말씀 잘 듣고, 어른들 말씀 잘 듣고 공부 열심히 하거라."

학교 길에 어른을 만나면 그분을 알든 모르든 고개를 숙여 인사 올리고, 때로는 동네 아저씨의 담배 심부름도 하고 심부름 값으로 알사탕을 사 먹던 기억이 납니다. 그런데 요즘 엄마들은 학교 가려는 아이들에게 이렇게 당부합니다.

"친절하고 마음씨 좋아 보이는 아저씨는 절대로 믿어서는 안된다, 알았지?"

하루가 시작되는 아침부터 아이에게 믿지 말라는 당부를 하고 있으니, 세상이 요지경도 이런 요지경이 아닙니다. 세상이 아무리 변했다 하더라도 아이들이 세상을 믿지 않는 것부터 배운다는 것은 여간 마음 아픈 것이 아닙니다.

우리 아이들이 세상을 아름다운 눈으로 바라보는 생활 자세를 키우도록 변화되었으면 합니다. 더불어 서로를 믿는 사회가 되기를 바라는 마음 간절합니다.

"서로 믿고 사는 부부가 되기를 바라고 바랍니다."

이 말은 제가 20여 년 동안 결혼식 주례를 하면서 1,000여 쌍의 부부한테 빠뜨리지 않고 하는 말입니다. 모두가 서로를 믿을 수 있어야만 세상이 아름답고 살 만한 곳이 되지 않을까요. 그러니 세상은 우리가 만들어 간다는 말이 옳고도 옳은 말이지요.

너와 내가 둘이 아니기에

나와 남이 둘이 아니라는 자타불이 사상은 이 땅에 자비를 실현하는 기초적인 수행 원리입니다. 남과 내가 결코 둘이 아니요 하나라는 사실을 인정하는 것, 이것이 수행의 기본입니다. 석가모니가 처음 대 중을 가르칠 때 가장 원천으로 삼은 것이 '깨침'이었습니다. 모든 말씀과 교리를 어리석은 중생으로 하여금 깨우치게 하기 위한 것이었습니다. 그 깨우침의 한가운데 말미암아 일어나는 것이라는 뜻의 '연기(緣起)'가 있습니다.

수행자가 진지한 사유 끝에 일체의 존재가 밝혀졌을 때 모든 의혹이 말끔히 사라졌다는 것은 바로 연기의 법을 알았다는 것을 말합니다. 석가모니가 항상 끊이지 않았던 사유, 인간의 근원적인 문제인 병들고 죽는 괴로움에서 벗어날 수 있는 자유로움, 그러한 깨달음에 도달한 것은 연기의 법칙 때문입니다.

"이것이 있으므로 저것이 있고, 이것이 생기므로 저것이 생긴다."

불경에서는 이렇게 말합니다. 세상에 존재하는 모든 것은 더불어 있으며, 시간적으로 연이어 일어나고 있으며, 서로 영향을 주고받는 상관관계에 있습니다. 그러므로 존재하는 모든 것은 더불어 나눌 수 없는 관계 속에 존재하지요.

우리는 우리의 존재가 모든 것과 더불어 있다는 사실을 모른 채로 살아갑니다. 하여 나와 남을 철저히 구별짓습니다. 그러다 보니 지나치게 욕심내고, 집착하며, 안절부절못하는 어리석음을 범합니다. 그러니 내 의식 속으로 남이 들어오기 쉽지 않습니다. 독선과 아집으로 똘똘 뭉쳐 살아가는 것이지요.

나와 남이 본래 둘이 아니요, 하나라는 사실을 깨달을 때, 모든 생명에 대한 자비로움이 가능합니다. 이것이야말로 자비를 실현하는 길입니다.

이러한 연기의 법을 생활 속에서 받아들이는 것이 바로 사성제(四聖諦)로, 석가모니가 깨우친 후에 처음으로 설법한 가르침이기도 합니다. 이것은 왜 우리에게 괴로움이 발생하며, 그 괴로움을 멸할 수 있는 방법은 무엇인가를 알려주는 가장 체계적인 실천 이론입니다. 여기서 '제(諦)'란 진실 혹은 진리를 의미하는데,

사성제는 고(苦), 집(集), 멸(滅), 도(道)로서 네 가지 진리입니다.

먼저, 고제(苦諦)란 우리가 사는 세상이 괴로움으로 가득 차 있는 현실 판단의 진리입니다. 괴로움은 우리가 낳고 늙고 병들고 죽는 네 가지의 괴로움과, 사랑하는 사람과 헤어지는 괴로움, 보기 싫은 것과 만나는 괴로움, 구하는 것을 얻을 수 없는 괴로움, 몸을 가짐으로써 생기는 괴로움 등입니다. 물론 여기서의 괴로움이란 단순한 감각적인 것뿐 아니요, 유한한 존재로서 지니는 실존적인 불안과 고뇌를 포함합니다. 집제(集諦)란 괴로움의 원인을 밝히는 것입니다. 이것은 존재의 실제적인 모습을 모르는 어리석음으로 인해 사물에 애착하기 때문 입니다. 멸제(滅諦)란 원인이 규명된 괴로움을 없앨 수 있다는 확신이며, 도제(道諦)는 괴로움을 없애기 위한 실천의 진리로 그 실제적인 내용을 팔정도(八正道)라고 합니다.

팔정도는 인간이 열반에 이르기 위한 생활 속의 실천 원리입니다. 바른 견해, 바른 생각, 바른말, 바른 행위, 바른 생활, 바른 노력, 바른 관찰, 바른 선정 등이 그것입니다. 우리가 생활 속에서 만나는 고 통은 이러한 여덟 가지의 생활 원리를 실천하면 멸할 수 있지요. 그러니 인간의 생활 태도가 얼마나 중요한지 알 수 있습니다.

불교는 인간주의를 추구하는 종교입니다. 불교가 추구하는 것은 신이 아니라 인간 그 자체이지요. 하여 '인간이 어떻게 하면

근원적인 괴로움에서 벗어날 수가 있는가?' 하는 것이 불교의 근본적인 문제의식입니다.

불교는 인간의 가능성을 제시하는 종교입니다. 인간은 누구나 자신의 노력으로 깨우쳐 부처가 될 수 있습니다. 그러므로 누구나 진리에 닿을 수가 있으며, 중생의 번뇌를 벗고 부처에 이를 수 있습니다. 그리고 불교는 평등을 기본으로 합니다. 신과 인간 사이에 놓인 건너기 어려운 강을 전제로 하는 것이 아니라 누구라도 부처가 될 수 있습니다. 인간이야말로 그런 가능성을 실현할 수 있는 존재이기 때문입니다.

그러므로 모든 중생은 깨달은 자, 곧 부처가 될 수 있다는 자부심을 지녀야 합니다. 나와 남이 둘이 아니듯이 부처와 인간은 별개의 것이 아닙니다. 부처가 곧 인간이요, 인간이 부처라는 것, 그래서 말 한마디 행동 하나에도 경건해야 하는 것은 당연하지요.

《등신불》을 읽는 밤

　산사에서 바람 소리를 듣습니다. 바람이 우는 소리처럼 들립니다. 생각이 깊어지니 달그림자도 우는 듯이 보입니다. 깨달음은 멀고 밤은 깊어 지친 나그네의 시름도 늘어갑니다.

　도반에게서 건네받은 책이 김동리의 단편 소설 《등신불》입니다. 등신불, 사람의 키와 똑같게 만들어놓은 불상입니다. 그런 불상이 있다고 듣지도 못했고 보지도 못했는데, 이 책에서 그런 내용을 접하고 그 놀라움이 컸습니다.

　만적이라는 인물이 자신의 몸을 태워 부처님께 몸과 마음을 바쳤던 일화가 등신불에는 실려 있습니다. 만적은 법명으로, 출가하기 전에 속명은 기입니다. 중국 난징에서 어머니 장씨로부터 태어났다는데, 아버지는 누구인지 모릅니다.

어머니 장씨는 사구라는 사람한테 개가했습니다. 사구한테는 신이라는 아들이 있었습니다. 기와 같은 또래로 당시 여남은 살이었습니다. 하루는 어머니 장씨가 두 아이한테 밥을 주는데, 남몰래 신의 밥에 독약을 넣었지요. 이것을 장씨의 아들인 기가 우연히 목격했습니다. 어머니가 신을 죽여 남편의 재산을 제 아들에게 물려주려고 그랬고, 기 역시 이것을 눈치챘습니다.

신과 함께 밥상에 둘러앉은 기는 신의 밥을 빼앗아 먹으려 했습니다. 이것을 보자 장씨는 깜짝 놀랐습니다.

"이것은 네 밥이 아니다. 어째서 신의 밥을 먹으려 하느냐?"

장씨가 심하게 꾸짖으며 밥그릇을 서둘러 빼앗았습니다. 장씨의 모습에 기와 신, 둘 다 아무 말도 하지 못했습니다. 그리고 며칠 뒤, 신은 집안 식구들 몰래 집을 나왔습니다.

다음날 신이 가출한 것을 안 기도 신을 찾아 집을 나섰습니다. 그러나 신을 찾을 수가 없었습니다. 이에 기는 수치심에 몸을 감추어 머리를 깎고 만적이라는 법명을 얻었지요.

만적은 그의 나이 23살 되던 해 겨울에 난징에 갔다가 우연히 집을 나갔던 신을 만났습니다. 집을 나와 헤어진 지 10년만이었습니다. 그런데 신을 만난 그는 마음이 편하지 못했습니다. 신이 문둥병에 걸려 있었던 것입니다. 그는 목에 걸었던 염주를 벗어

신의 목에 걸어 주고 그 길로 절로 돌아가 불에 익히거나 삶은 음식은 입에 대지 않았습니다. 이듬해 봄까지 그가 먹은 것은 하루에 깨 한 접시라고 전합니다.

그리고 그는 하루도 목욕재계를 거르지 않았다고 합니다.

그는 처음 스님이 될 때 거두어 준 은사 스님에 대한 보답과 신에 대한 죄책감으로 소신공양을 결심합니다. 몸을 태워 부처님께 공양한다는 결의를 한 것이죠. 그렇게 이듬해 2월 초하룻날, 취단식을 봉행했습니다. 취단식이란 법의를 벗고 알몸 위에 가늘고 깨끗한 명주를 발끝에서 어깨까지 전신에 감는 의식입니다. 그런 뒤 그는 단 위에 올라가 가부좌를 틀고 두 손을 모아 합장했습니다.

염불을 외기 시작하자 상좌 스님이 그의 몸에 들기름을 쏟아 부었습니다. 취단식이 끝나고 기름에 절은 만적은 그때부터 한 달 동안 단 위에서 움직이지 않았습니다. 가부좌를 하고 합장한 채로 숨쉬는 화석이 되었습니다. 별좌 스님이 이레에 한 번씩 들기름 항아리를 그의 몸에 다시 부었습니다.

이렇게 한 달이 흐른 날, 오전 11시에 소신공양이 이루어졌습니다. 성스러운 대공양에 참석하기 위해서 산중의 스님들은 물론 각처의 선남선녀들이 법당 앞 넓은 뜰을 메웠습니다.

장막이 걷히고 상좌 스님이 불이 담긴 향로를 만적의 머리 위에 얹어 놓았습니다. 일제히 아미타불을 부르기 시작했습니다.

불이 붙고 향로에서 연기가 피어오르기 시작했습니다. 시간이 흐를수록 그의 육신은 화석이 되어 갔습니다. 불기운이 숨골을 뚫을 때는 그의 몸이 절로 움찔했습니다.

그때 기적이 일어났습니다. 갑자기 비가 쏟아졌는데, 그의 머리 위로는 비 한 방울도 내리지 않았습니다. 오히려 그의 몸은 전보다 더 활활 타오를 뿐이었습니다. 이어 그의 머리 뒤로 보름달 같은 원광에 싸였습니다. 이런 일이 있고 3년간이나 새전이 쏟아졌고, 새전으로 그의 타다가 굳은 몸에 금을 씌우니 등신불이 되었습니다.

물론 소설 속이라지만, 자신의 몸을 태운 만적의 불심을 어떻게 제가 따라갈 수 있겠습니까? 경탄할 뿐입니다. 이러한 희생을 통해 많은 이들이 은혜를 입었다고 합니다.

오늘날, 남을 배려하기 어려운 시대에 만적의 소신공양은 많은 것을 생각하게 합니다. 소신공양은 아니더라도, 제 작은 희생을 통해 누군가에게 은혜와 자비가 된다면 더없이 좋겠다는 생각을 합니다.

이 이야기가 많은 이들에게 널리 널리 퍼져나가 그의 정신이 대중들에게 깃들기를 바라는 마음에 이 글을 적어 봅니다.

이 한밤 나를 찾아오는 님

사람들은 상상을 하며 살아갑니다. 상상은 생각의 폭을 넓힙니다. 내가 만날 연인을 상상하기도 하고, 미래의 나를 상상하기도 합니다. 누구를 만나 어떤 말을 할지 미리 상상합니다. 나들이에 어떤 옷을 입고 가면 좋을지 상상합니다. 지도자라면 어떤 세상을 펼쳐야 할지를 상상합니다. 그러니 상상이란 얼마나 좋은 것인가요? 상상은 긍정적인 마인드입니다. 그래서 상상은 가능성이 있습니다.

그런데 몽상은 가능성과 거리가 있습니다. 누가 미래의 나를 그려 보는데, 그 미래의 내가 실현 가능하다면 상상이 되지만 실현 불가능한 것이라면 몽상이 됩니다. 팔다리가 없는 사람이 훌륭한 농구선수를 그려본다면 그것은 당연히 몽상입니다. 남자가 여자가 되어 아이를 낳고 키우는 생각도 몽상입니다.

몽상의 뒤끝은 허탈감입니다. 상상 뒤에 오는 것이 자신감이나 다짐 같은 것이라면 몽상 뒤에 오는 것은 공허함이라고 할 수 있습니다. 몽상을 통해 고조된 정서가 그 끝에서 추락하는 아득함, 그래서 몽상은 이것을 각오하지 않을 바에는 가까이하지 않는 것이 좋습니다.

그런데 간밤에 이 불쌍한 수행자가 몽상에 빠져 버렸습니다. 현실이었는지 꿈이었는지 여전히 분간이 가지 않습니다. 그러나 현실이든 꿈속이든 그것은 분명히 몽상이었습니다. 현실을 인식하는 순간 저는 허탈했고 심한 허기를 느꼈기 때문입니다. 그보다 중요한 것은 저 같은 수행자에게는 결코 일어날 수 없는 일이었기 때문입니다.

간밤, 그것은 꿈이었을까요? 아름답다고 생각하는 님의 손짓에 자꾸만 이끌려 망설이던 생각, 아니라고 고개를 내저으면서 내닫던 길인데 그 길의 끄트머리에서 그만 님을 향해 고개를 돌려 버렸습니다. 그 님에 대한 간절한 그리움이었을까요? 아름답고 눈부신 옷이 저를 휘감는데 정신이 어질어질한 느낌이 들었습니다.

어디론가 이끌려 황망히 가는데, 휘둘리듯이 혼미한 정신, 승려가 님의 날개에 싸이면 안 되는데……. 황망 중에도 그런 생각이 떠오르고, 저는 정신을 찾으려고 몸을 파르르 떨었는데, 그 순간 그렇게 어디론가 사라져 버린 님의 자취……. 그 님은 누구였을까요? 아름다운 모습, 눈부신 자태, 저를 달콤하게 끌어들이는 마법을 가지신 님……. 그 뒤 저는 그 일로 하여 날마다 참회하는 시간을 가집니다. 승려가 이룰 수 없는, 승려가 걸어서는 안 될 그런 길을 거니는 몽상에 빠지지 않자고 마음속에 다짐하고 부처님께 약속합니다. 오직 부처님의 품 안에서 황홀하고 그 인품에 매혹되어 혼미해지자고 말입니다. 그런데 그때 제가 돌아보았던 그 님은 누구였을까요? 그 황홀하던 기억, 멈추어지는 생각들, 그 품에 아득하게 안겨 잠들었으면 하는 마법을 갖추신 그분……. 그분은 도대체 누구일까요?

우리는 누구나 한 번쯤 빠져들 수도 있습니다. 몽상이든, 상상이든, 현실이든 그런 순간을 만나게 됩니다. 이것이 세상을 사는 이치입니다. 그 세상의 중간에서 자신의 길을 찾아가는 것도 궁극적으로는 자신이 하는 것입니다. 몽상의 문을 열고 들어갔다가 다시 참회하듯이 걸어나오는 것도 자신입니다. 그런 과정을 통해 우리는 성숙한 인격체가 되는 것이요, 대자유인, 대해탈인이 되어 가는 것이겠지요.

오늘 밤에는 어떤 님이 저를 찾아올까요?

어머니께서 물려주신 깨달음

하루 일을 마치고 산사에 앉아 딸랑거리는 풍경 소리를 듣노라면 어머니 생각이 간절합니다. 머리 깎고 출가한 사람이 왜 이리도 세상의 인연에 연연해하는가 싶겠지요? 그러나 제 모자란 수행 때문인지 어머니 생각이 간절합니다. 아니, 어머니의 사랑만큼 수행한다면 저도 깨달음을 얻을 수 있으리라 생각할 정도입니다. 무던히도 저를 아끼시던 어머니, 어머니의 사랑을 어찌 감히 따라갈 수 있겠습니까?

머리 깎고 먹물 옷 입은 몸이라 천하에 불효자식이 되었습니다. 제 부모 귀한 것은 짐승도 아는 법인데, 산속에 가부좌 틀고 앉아 부모님 제사에도 가지 못하는 불효를 무엇으로 갚을까요? 제가 무료 급식소를 운영하게 된 것도 어머니에 대한 간절한 그리움과 지난날 다하지 못한 불효에 대한 후회와 반성이 깔려 있는지도 모릅니다.

어머니를 생각하면 어릴 적 어머니께서 제게 들려주시던 말씀이 떠오릅니다.

한 마을에 부자 어른이 살았는데 남을 위해 많이 베풀었단다. 부자는 가난한 이웃들에게 베푸는 것을 좋아했을 뿐 아니라 그 마을에 거지들이 오면 밥을 주기도 했지.

그런 부자가 죽어 저승에 갔단다. 그런데 부자는 너무나 춥고 배가 고팠어. 하는 수 없이 염치 불고하고 염라대왕께 춥고 배가 고프다고 호소했지. 그러자 염라대왕은 염려하지 말라고 하더니 저승사자를 시켜 그를 데려가라 했단다.

"어디로 가시는 건가요?"

"잠자코 따라오시오. 가 보면 압니다."

부자는 불안한 마음이 들었지만 이승에 살면서 많이 베푼 것도 있고 해서 큰 걱정 없이 저승사자의 뒤를 따랐단다. 그렇게 구불구불한 길을 지나 어느 깊숙한 데까지 갔지.

"여기는 어디입니까?"

"그대가 살 곳이요."

저승사자는 창살이 달린 방의 문 하나를 열어 보았어. 그런데 부자는 깜짝 놀라지 않을 수 없었단다.

"저는 지금 춥고 배고픈데……."

"그러니 이곳으로 데리고 온 거요. 여기에 당신이 먹을 밥과 옷이 있으니 그것으로 평생을 살도록 하시오."

부자는 저승사자로부터 떠밀려 창살의 방 안으로 들어갔지. 그 방에는 식은 밥과 헐어야 해진 헌 옷들이 가득 차 있었단다.

"이 찬밥과 다 해진 옷들을 입으라는 건가요?"

부자는 저승사자를 향해 울부짖듯이 소리쳤어.

"그게 모두 당신 거요. 당신이 이승에서 남들에게 베푼 것들이오. 그러니 당신한테 다시 돌려드리는 것이오."

저승사자는 이렇게 말한 뒤 사라져 버렸단다.

부자는 이승에서 베풀었던 자신의 행동을 후회했지. 거기 있는 찬밥과 닳고 해진 옷가지들은 모두 부자의 것이었단다. 부자는 이웃들과 거지들한테 적선을 하되, 오직 찬밥과 해진 옷만 주었을 뿐이었어. 자신이 먹지 않는 음식과 버려도 좋을 옷들만 골라 남들에게 베푼 거야. 정작 자신이 좋다고 여기는 것들은 한 번도 남에게 베풀지 않았지. 그러나 그때는 후회해도 소용없는 일이었단다. 부자는 그렇게 평생을 감옥 같은 창살에 갇혀 찬밥을 먹고 헌 옷만을 입고 살아야 했단다.

어머니의 말씀은 제게 많은 것을 깨닫게 했습니다. 그리고 승려가 되어서도 항상 어머니 말씀을 되새기고 있습니다. 이 이야기도 제 가슴속에 있는 어머니의 가르침 중 하나이지요. 어머니는 이 이야기를 통해 진정한 베풂이 어떠해야 하는가를 들려주시고 계십니다.

이 이야기는 제게 베풂과 인과응보의 깨달음을 줍니다. 내가 많이 가졌다고 성의 없이 베푸는 행위도 죄가 됩니다. 내가 먹지 못할 것을 남한테 베푸는 것도 죄악입니다. 내게 필요 없는 것을 남한테 베푸는 것도 진정한 베풂은 아닙니다. 진정 내게 필요한 물건을 다른 사람들과 나누는 것이 올바른 베풂입니다. 비록 내가 가진 것이 적지만 이웃과 나누고자 하는 마음, 이것이 진정한 나눔이지요. 내가 베푼 모든 선악은 결국 모두 나한테 돌아오는 법이기도 하지요.

어머니의 말씀이 새삼 빛나는 새벽입니다. 하여 오늘 제 몸을 더욱 새롭게 해야겠지요. 그것이 어머니를 위한 최선의 효도이겠지요. 그러면서도 한편으로는 어머니께서 더 많은 깨달음을 주시기를 바라는 마음은 아직 불효가 한없이 남은 까닭인가요?

마지막 입는 옷에는 주머니가 없듯이

　사람들은 누구나 욕심이 있게 마련입니다. 욕심이 있기에 또한 열심히 사는 것이지요. 공부를 남보다 많이 하고 싶고 좋은 옷도 입고 싶습니다. 세상에 이름도 드러내고 싶지요.

　당연한 일입니다. 좋은 직장에 들어가서 돈도 벌어야지요. 그래야 가족도 먹고 살 수가 있을 테니까요. 좋은 차도 가지고 싶지요. 출퇴근도 해야 하고, 여행도 해야 하고, 더러 고향에도 가야지요. 부모도 모셔야 하고 어른들을 부양해야 합니다. 아픈 사람이 있으면 병원에도 입원해야 하고, 크고 작은 일도 나 몰라라 할 수 없는 일입니다. 그러니 얼마나 바삐 살아야 합니까? 이런 일들을 꾸리려면 얼마나 많은 노력을 기울여야 하겠는지요?

세상사는 일이, 먹고사는 일이 그렇게 간단하지가 않지요. 삶에

지친 젊은이들이 스스로 목숨을 끊는 일도 우리는 주위에서 보게 됩니다. 그야 물론 먹고 살기가 힘들어 목숨을 버리는 것이지요. 충분히 이해할 수 있는 일입니다. 하루에 당장 한 끼니만 굶어 보십시오. 공허하기 이를 데가 없지요. 그때 킵리면이라도 보면 게 눈 감추듯 할 것입니다.

그러니 얼마나 먹고살기가 힘이 드는 일인가요. 세상이 아무리 잘 살아도 내 나라가 아무리 국민 소득 2만 불 시대가 되어도 자신의 노력 없이는 빵 한 조각도 쉽게 먹을 수가 없는 세상입니다. 그러니 정말 세상살기 어렵고 야속한 인생살이지요. 안 그렇습니까?

악착같이 살지 않으면 고생길이 됩니다. 젊어서부터 성실히 준비하지 않으면 경쟁 사회에서 낙오할 수밖에 없지요. 기술도 뒤지지 않게 배워야 하고 장사를 하려고 해도 부지런해야 가능합니다. 우리는 이렇게 살아가고 있습니다. 거드름 피우지 않고 열심히 노력하는데도 일할 자리가 없어 많은 사람들이 쉬고 있는 실정입니다. 세상 참 힘들지요.

삶의 현장에서 봉사를 하고 있는 저로서는 많은 생각이 교차하지요. 나눔의 손길이 예전만 못할 때에 세상의 힘겨움을 소생

도 몸소 깨닫지요. 가난한 분들에게 힘든 생활을 하고 있는 이웃들에게 제 도움을 예전처럼 베풀지 못할 때의 심정, 참으로 부끄럽고 무기력함에 죄스럽지요.

저를 기다리는 분들이 너무 많은데 여력은 부족하고……. 그러니 요즘 같은 밤에는 잠을 제대로 이루지 못합니다. 뜬눈으로 밤을 지새다가 허한 몸을 이끌고 새벽 예불을 나갈 때의 착잡함이란……. 그래도 추녀 밑에서 딸그랑거리는 풍경소리에 이내 착잡함을 털어 내고 법당에 오릅니다. 기도로 이웃들을 구제할 수가 있다면 목탁이 닳아 헐어지도록 기도할 수 있겠지요.

모두가 살기에 힘들어합니다. 모두들 지쳐 있습니다. 남을 돕는다는 것은 생각조차 하기 힘듭니다. 그래요, 내 발등에 불이 떨어지는데 누구를 도울 수가 있겠는지요. 당장 내 코가 석 자이니까요. 안 그렇습니까?

가진 것은 없지만 마음만은 지금보다 편해집시다. 힘들다 해도 지금 밥은 먹으며 살고 있지 않나요? 힘들다 해도 입을 옷가지도 있지 않나요? 이렇게 말하면 어떤 분은 저더러 속이 편한 소리를 한다 하실 테지요. 산중에서 도나 닦는 스님이 세상에 대해 뭘 알겠느냐 힐문하실 테지요.

변명할 생각은 없지요. 가슴이 아플 뿐입니다. 때로는 이웃들과 함께 라면도 끓여 먹고 굶주려 보기도 하고 싶지만, 그러지 못해 송구할 뿐입니다. 온기 없는 구들에 등을 붙이고 함께 뒹굴지 못한 게 죄스러울 뿐이랍니다. 이게 솔직한 제 마음입니다.

그래도 한 번만 생각해 보세요. 인생은 참 덧없지요. 안 그렇습니까? 엊그저께 젊은 몸이 백발을 바라보는 세월, 그렇게 세월은 훌쩍 지나갑니다. 그런데 크게 출세하지 못했다고, 돈을 많이 벌지 못했다고, 이름을 떨치지 못했다고 한탄하지 말자는 말입니다. 그거 따지고 보면 그렇게 중요한 것도 아니지요. 우리가 세상을 떠날 때는 아무것 두 가지고 갈 수 없으니까요.

누구든 알몸으로 왔다가 빈손으로 갑니다. 그래서 마지막 입는 옷에는 주머니가 없는 거지요. 가만히 보세요. 수의에는 결코 주머니가 없어요. 저승 갈 때 노자라도 가지고 가지 못해요. 몸뚱어리도 버리고, 가족도 버리고, 명예도 재산도 모두 버리고 갑니다. 내가 한 생명으로 살면서 지은 업보만 댕그랗게 짊어지고 가는 거지요. 이게 인생입니다.

하여 그때그때 최선을 다하여 삽시다. 그게 최선이에요. 세상에 너무 욕심을 부리지 맙시다. 죽을 때도 마음 편히 눈감지 못합니다. 가진 게 있으면, 미련이 있으면 그러는 겁니다.

가난하게 참고 사십시다. 조금 힘들면 어떻습니까? 빚이 있다고요? 그러면 좀 어떻습니까? 더불어 사는 세상에 까짓 빚 좀 있으면 어떻습니까? 은행 빚이 좀 있더라도 힘을 내십시다.

마음의 빚보다 더욱 큰 빚이 어디 있겠는지요? 카드빚, 대출빚, 빌린 빚, 그거 누구나 겪는 일입니다. 세상 구조가 그런데 어떻게 비껴갈 수 있겠습니까? 그저 조금 절제하면서 살면 되는 것이지요.

마음을 조금 너그럽게 가집시다. 여러분, 마음으로나마 빚을 갚으면서 작은 것도 나누면서 위로하며 삽시다. 인간이기에 위로할 수도 있는 것이지요. 인간은 어떤 생명체보다 덕을 많이 쌓아 세상에 왔습니다. 그러니 자부심을 가집시다. 내가 세상에 올 때 알몸으로 왔듯이 당연히 알몸으로 세상을 떠나는 것이지요. 마음을 조금씩만 비워 냅시다. 그러면 세상이 달리 보이지 않겠습니까? 답답하고 안타까운 마음에 몇 자 적어 봅니다. 이런 저를 용서하소서.

3장

맑은 눈썹으로 세상을 씻고

끊임없이 배우는 사람이고자 합니다.
우리는 젊습니다. 생명이 남아 있는 한 우리는 더없이
젊습니다.
하여 생명이 남아 있는 한 수행의 켜를 쌓아야 합니다.
정신적인 재산을 쌓고 베풂의 정신을 몸에 둘러야만 합
니다.

지하철에서 생긴 일

간혹 지하철을 탑니다. 지하철은 대중의 살아가는 모습을 엿볼 수 있는 좋은 수단입니다. 그들의 몸 향기를 맡으며 그들의 얘기를 듣습니다. 서민들이 어떻게 살아가는지 그대로 느낄 수가 있습니다. 사찰에 앉아서는 세상 사람들을 제대로 이해하지 못합니다. 그들이 어떤 생각을 하고, 현재 어떤 일을 하고 있으며, 어떤 만남을 나누는지 제대로 알 수가 없습니다. 그래서 지하철은 세상을 들여다보는 창 역할을 합니다.

서울 시내를 오가는 지하철은 출퇴근 시간에는 발을 딛을 곳이 없을 정도로 붐빕니다. 또한 러시아워가 아닌 시간에도 좌석은 거의 비지 않습니다. 사람들의 일상이 그만큼 바삐 돌아가고, 하는 일이 번잡해졌다는 뜻이겠지요. 그래서 지하철은 자리다툼도 치열합니다. 특히 나이 드신 어르신들의 경우 노약자석이 있다고는 하지만 수요가 넘치기 때문에 혜택을 누리기란 쉽지 않습니다.

저는 아직 노약자석에 앉을 정도는 아닙니다. 또한 자리에 앉지 않더라도 마음이 편안합니다. 손잡이를 잡고 이리저리 흔들리며 옆 사람과 스치는 옷자락이 정겹기만 합니다. 지나치며 스치는 인연도 보통 인연이 아니요, 결코 한 생의 인연으로는 이승에서 옷을 스칠 수가 없으니 말이죠.

그런데 제가 지하철에서, 그것도 빈 좌석이 없는 지하철에서 눈살을 찌푸리는 것은 젊은 사람들 때문입니다. 연로한 어르신들이 지척에 있는데도 앉아 있는 모습을 볼 때는 서글퍼집니다. 어른을 공경하기는커녕 홀대하는 느낌이 들기 때문입니다. 어른으로서 좌석 하나를 적선 받는다는 서글픔이 배어 나옵니다. 잠든 척하기도 하고 딴전을 부리면서 어르신을 외면하는 모습에 고함이라도 치고 싶어집니다.

저는 출입구 바로 옆에 서 있었습니다. 서대문까지 가려면 아직도 몇 정거장은 더 가야 했습니다. 그런데 이 몸도 젊지는 않은지 한참을 가는 동안 허리가 뻐근했습니다. 하지만 힘이 든다는 생각보다 여기저기 관찰할 수 있는 시야가 있어서 좋았습니다.

그런데 등잔 밑이 어둡다고 했던가요? 바로 출입문 옆자리의 노약자석에 한 청년이 태연히 앉아 있었습니다. 그냥 앉아 있다면 모르겠는데 바로 앞에 어르신 한 분이 힘겨운 듯이 서 있었습니다. 가만히 보면, 그 어르신은 앞에 앉은 그가 괘씸하다는 표정이었습니다. 제 생각에는 그렇게 보였습니다. 그런 광경을 지켜보니 그 어르신과 시선을 마주치기가 민망할 정도였습니다.

저는 애써 어르신의 시선을 피하면서 마음속으로는 저 청년을 혼내주어야겠다고 마음먹었습니다. 다음 정거장에도 자리를 양보하지 않으면 반드시 한마디 해주고 내리리라 다짐했습니다.

노약자석에 제 자리인 양 앉아 있는 청년은 무릎 위에 가방을 올려놓고 태연히 책장을 넘기고 있었습니다. 바로 자기 코앞에서 힘들어하는 어르신의 처지 따위는 안중에도 없는 오만불손한 태도가 아닐 수 없었습니다.

정거장마다 문이 열리고 닫히면서, 그렇게 나이 드신 어르신들이 타고 내리기를 반복하면서 그 자리 주변에 모인 어르신들은 괘씸하다는 듯이 헛기침을 하셨습니다. 청년이 이 상황을 깨닫기를 권고하는 신호였지요. 그런 상황에서도 그는 자리를 양보할 생각이 없는 듯했습니다.

이제 다음 정거장은 제가 내려야 할 서대문역입니다. 해서 저는 청년 쪽으로 다가갔습니다. 그의 무례함을 반드시 일깨워 주어야 하니까요. 상당히 용기를 내어 청년에게 말했습니다.

"이봐 젊은이, 어르신이 앞에 서 계신 게 안 보이나? 젊은 사람이 좀 자리를 양보해 드려야지!"

이렇게 나무라듯이 말하자 지하철 안의 사람들 시선이 제 쪽으로 일제히 향했습니다. 그러자 청년 앞에 서 있던 어르신이 오히려 민망해하며 괜찮다고 손을 내저었습니다. 그제야 그는 자리에서 천천히 일어섰습니다. 그렇습니다. 서둘러 일어나지도 않고, 아주 천천히, 제 자리가 아깝다는 듯이 천천히 일어섰습니다.

그런데 그 순간, 저는 둔기로 뒤통수를 얻어맞은 기분이었습니다. 정말 그 순간은 그랬습니다. 그의 몸 놀리는 모습이 온전하지 않았습니다. 저도 모르게 입을 벌리는데, 청년이 제게 이렇게 말했습니다.

"죄송합니다. 제가 미처 자리를 못 비켜 드려서요. 괜찮으시면 이제라도 앉으시겠어요?"

그가 어르신께 자리를 양보하고 일어나 걷는데, 그는 소아마비였습니다. 저는 순간 얼굴이 벌겋게 달아올랐습니다. 그뿐 아니라 다른 승객들한테 미안하기 이를 데가 없었습니다. 청년도 민망했는지 그곳을 떠나 절뚝거리며 다른 칸으로 옮겨갔습니다. 저는 멍하니 절뚝거리며 걸어가는 그의 뒷모습을 하염없이 바라볼 뿐이었습니다.

제 자신이 부끄러웠습니다. 제 경솔한 행동은 그 청년한테 결코 용서받을 수 없을 테지요. 그것은 제 스스로에게도 결코 용서

받기 힘든 경솔함이었습니다. 그렇게 서대문역을 지나쳤지만 다음 정거장에서도 내리지 못했습니다.

미안하고 죄스러운 마음에 용기를 내어 그가 옮겨간 칸으로 이동했습니다. 그는 중간쯤에 앉아 있었습니다.

"젊은이, 미안해. 내가 큰 실례를 범했어. 용서하게나."

그에게 말하면서도 연신 후회했습니다. 그때처럼 깊은 후회를 해본 적도 없을 것입니다. 조금만 참았더라면, 가슴을 치밀고 나오는 그 청년에 대한 화를 조금만 참았더라면 지금처럼 참담한 상황은 벌어지지 않았을 것을……

그러나 이미 엎질러진 물이지요.

"이러지 마세요. 제가 죄인인걸요. 스님 잘못은 하나도 없으세요. 응당 자리를 양보해야 옳아요. 힘들다고 어르신을 모른 척했던 제가 잘못이지요."

그의 눈에는 눈물이 맺혀 있었습니다. 저는 그때 그의 눈물처럼 아름다운 눈물을 보지 못했습니다. 그렇게 저는 그의 손을 쥐었습니다.

두고두고 저를 깨어 있게 하는 사건이었습니다. 그 후 저는 그처럼 경솔한 행위를 삼갑니다. 참고 또 참는 행위를 익혀 나갑니다. 그런 의미에서 그 청년은 제 스승이요, 저를 깨우치는 부처라고 생각합니다.

세상을 살다 보면, 나도 모르게 참지 못하고 분개하는 경우가 더러 있습니다. 모든 화는 참지 못하기 때문에 벌어집니다. 결국 남을 배려하지 못하기 때문에 그런 일이 일어나지요. 늘 정신을 바짝 차리지 않으면 안 될 일이지요.

늘 복잡한 일과 마주하는 시대에 잠시 한눈을 팔면 그때와 같은 잘못을 저지를 수도 있습니다. 그 때문에 저는 그때의 그 청년을 생각하며 항상 깨어 있고자 하고, 하여 인내의 중요성을 깨우칩니다. 제 삶의 스승이신 그 청년이 보고 싶습니다. 그 청년이 이 글을 읽는다면 제 마음이 조금은 가벼워지겠습니다.

유배지에서 부르는 노래

조선 후기의 실학자인 정약용이 강진에서 유배 생활을 하던 중 서울에 있는 아들에게 편지를 썼습니다. 그 편지는 고독과 슬픔을 달래는 그의 의지의 표현이었습니다.

그는 아들에게 근검을 강조했습니다. 청렴한 관리였기 때문에 그는 물려줄 논밭을 마련하지 못했습니다. 그렇지만 아들에게 부끄럽지 않았습니다. 한 시대를 사는 선비로서 최선을 다했기 때문입니다. 그는 논밭을 물려주는 대신 오직 정신적인 부적으로 두 개의 글자를 물려주었습니다.

마음에 지녀 잘 살고 가난에서 벗어날 수 있도록 그가 물려준 글자는 근(勤)과 검(儉)이었습니다. 부모로서 자식에게 부모 된 도리를 다했다고 여기지는 않았기 때문에 자식이 야박하게 생각할까 두려운 마음이었습니다. 하여 그는 아들에게 야박하게 생각하지 말기를 당부하고 있습니다.

그는 근(勤)을 이렇게 말합니다.

"오늘 할 일을 내일로 미루지 말며, 아침에 할 일을 저녁으로 미루지 말며, 맑은 날에 해야 할 일을 비 오는 날까지 끌지 말도록 하고, 비 오는 날 해야 할 일도 맑은 날까지 끌지 말아야 한다. 늙었다고 손을 떼지 말고, 늙은이는 앉아서 감독하고 어린 사람들은 어른의 감독을 직접 실천에 옮기고, 젊은이는 힘든 일을 하고, 병이 든 사람은 집을 지키며, 부인들은 길쌈을 하느라고 한밤중이 되도록 잠을 자지 말아야 한다. 말하자면 집안에 한 사람도 놀고먹는 사람이 없게 하고, 잠깐이라도 한가롭게 보여서는 안 된다. 이것이 바로 부지런함이다."

검(儉)에 대해 의복을 예로 들고 있습니다.

"의복이란 몸을 가리기만 하면 되는 것으로, 고운 비단으로 된 옷이야 조금이라도 해지면 볼품없는 옷이 되어 버리지만, 털털하고 값싼 옷감으로 된 옷은 약간 해진다 하더라도 볼품이 없어지지 않는다. 한 벌의 옷을 만들 때 앞으로 계속 오래 입을 수 있을지 없을지를 생각해서 만들어야 하며, 곱고 아름답게만 만들어 빨리 해지게 해서는 안 된다. 이런 생각으로 옷을 만들면 당연히 곱고 아름다운 옷을 만들지 않게 되고 투박하고 질긴 것을 고르지 않을 사람이 없게 된다."

오늘날, 우리는 경제적으로 많은 어려움을 겪고 있습니다. 많은 이웃들이 가난에 허덕이는 상황입니다. 가난이란 참으로 무서운 것이어서, 싫어하는 만큼 피하기도 어려운 법입니다. 그는 가난을 이기기 위해 음식을 비유로 말하고 있습니다. 역시 자신의 아들한테 마음을 달래면서 쓴 편지에서 말입니다.

"음식이란 목숨만 이어가면 되는 것이다. 아무리 맛있는 고기나 생선이라도 입속으로 들어가면 더러운 물건이 되어 버린다. 삼키기도 전에 벌써 사람들은 싫어한다. 사람이 이 세상에 귀하다고 하는 것은 정성 때문이니, 전혀 속임이 있어서는 안 된다. 하늘을 속이면 가장 나쁜 일이고, 임금이나 어버이를 속이거나 농부가 같은 농부를 속이고 상인이 동업자를 속이면 모두 죄를 짓게 되는 것과 같다."

단 한 가지 속일 수가 있는 것을 그는 이렇게 말합니다.

"그것은 자신의 입과 입술이다. 아무리 맛없는 음식도 맛있게 생각해서 입과 입술을 슬쩍 속여 잠깐동안만 지내고 보면 배고픔은 가셔서 주림을 면할 수가 있으며, 그래야만 비로소 가난을 이길 수가 있는 것이다."

현대인들은 근면과 검소함이 중요하다고 믿고는 있지만 실제로 몸으로 수행하지는 않는 듯합니다. 세상 돌아가는 모양을 봐도 내가 할 일을 다른 사람에게 돌립니다. 일하는 것보다 놀고 마시고 즐기는 일에 많은 시간을 투자하는 듯합니다. 그러고서 살기가 어렵다고 말한다면 올바른 이치가 아니지요.

어떤 이들은 수수함보다 화려한 치장을 즐기고, 온갖 장신구로 자신을 포장합니다. 어떤 사람은 명품만을 찾아다니고, 브랜드를 모으는 취미까지 있습니다.

해진 옷 솔기를 꿰매 입는다는 것은 상상할 수가 없는 시대가 되고 말았습니다. 옷을 고를 때 얼마나 오래 입겠는가를 따져 사는 소비자는 찾아보기조차 힘듭니다. 정약용이 당대를 대표할 만한 실학자로서 강조한 근검 정신이 200년도 채 안 되어 무색하게 되었으니 통탄할 일입니다.

그래도 이 세상이 살 만하고 인간으로서 부끄럽지 않음은 아직도 근검을 생활화하는 사람들이 있기 때문입니다. 많지는 않지만, 세상에는 묵묵히 정약용과 같은 선비들의 정신을 닮으려는 사람들이 있기 때문입니다.

값으로 따지면 2,500원에서 3,000원 정도 하는 한 끼의 식사를 찾는 분들, 무료 급식소에서 제공하는 한 끼의 점심을 먹으려고 먼 곳에 서 오시는 분, 11시 30분에 식사를 드리기 시작하는데도 9시 30분부터 오셔서 기다리는 분, 땀을 뻘뻘 흘리며 흡족하게 드시는 그분들의 모습에서 인생의 참된 진리를 찾습니다. 그래서 우리는 결코 희망을 버릴 수가 없습니다.

잊혀져가는 정약용의 정신을 흠모하면서 짧은 글을 써 보는 이 새 벽이 정말 뿌듯하게 느껴집니다. 더불어 이 글이 많은 분들께 그러한 깨달음의 조각이라도 줄 수 있다면 여한이 없겠습니다.

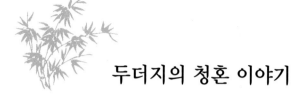

두더지의 청혼 이야기

두더지는 땅 밑에 사는지라 높은 하늘이 언제나 부러웠습니다. 그리고 세상에서 하늘이 가장 높다고 생각했습니다. 그래서 하늘을 찾아가 자기 자식과 혼인해 주기를 간청했습니다. 그런데 하늘은 이렇게 말했습니다.

"내 비록 만물을 에워싸고 있지만, 해와 달이 아니면 내 덕을 드러낼 수 없소. 해와 달이 나보다 위에 있소."

하늘의 말에 두더지는 고개를 끄덕거렸다. 생각해 보니 맞는 말이지요. 그래서 두더지는 해와 달을 찾아가 구혼했습니다. 그런데 해와 달이 이렇게 말하는 게 아닌가요.

"내 비록 세상을 널리 비추고 있지만 구름이 나를 가리니 구름이 내 위에 있소."

두더지는 다시 구름을 찾아가 청혼했지요.

"세상에서 가장 높으신 구름님, 우리 애와 혼인해 주소서." 그런데 구름의 대답은 이러했습니다.

"내 비록 해와 달의 밝음을 잃게 할 수는 있지만 바람이 나를 불어 흩으니 바람이 내 위에 있소."

이 말을 듣고 두더지는 역시 고개를 끄덕였습니다. 맞는 말입니다. 그래서 다시 부랴부랴 바람을 찾아가 똑같이 청혼했습니다.

"바람님, 높으신 바람님, 우리 애와 혼인해 주소서."

갑작스러운 청혼에 놀란 바람이 말했습니다.

"내 비록 구름을 흩을 수는 있지만, 오직 밭 가운데 돌미륵만은 아무리 불어도 넘어뜨릴 수가 없으니 돌미륵이 내 위에 있소."

생각해 보는데 그 역시 옳은 말이었습니다.

'내 자식을 위해 세상에서 가장 좋은 혼처를 구해 주어야지.' 이렇게 다짐한 두더지는 마침내 돌미륵을 찾아갔습니다. "높으신 돌미륵님, 우리 애와 결혼해 주세요."

간청하고 간청했습니다. 그런데 돌미륵이 이렇게 대답하는 것이었습니다.

"내 비록 바람은 두렵지 않으나 오직 두더지가 내 발 밑을 뚫으면 기울어져 넘어지니 두더지가 내 위에 있소."

돌미륵의 얘기를 들은 두더지는 깜짝 놀랐습니다. 돌미륵의 말이 하나도 그르지 않았으니까요. 그제야 두더지는 제 종족이 얼마나 위대한지 깨닫고 다른 두더지를 찾아가 청혼했습니다.

이 이야기는 우리 민담에 나오는 우화입니다. 우리 사회에는 이 우화의 두더지 같은 사람들이 많습니다. 제 분수를 모른 채 남의 것만 부러워하는 사람들 말입니다. 남의 떡이 크고 맛있어 보여도 따지고 보면 모든 게 거기서 거기입니다. 남의 집이 좋고 커 보이고, 남의 옷이 멋있어 보이고, 남의 차가 근사하게 보이고, 남의 아내가 더없이 예뻐 보이고…….

우리의 욕심은 한이 없습니다. 그래서 분수를 지켜야 하는 것입니다.

부귀영화, 명예, 권세는 있으면 좋은 것이지만 없어도 되는 것입니다. 가진 것이 적으면 좀 어떤가요. 죽어서 짊어지고 갈 것도 아니면서…….

죽음을 생각한다면 명예나 권세는 부질없어집니다. 사는 동안 명예나 권세가 있으면 나쁠 것은 없지만 그것을 얻기 위해 버둥거리는 사는 것을 보면 안타까울 따름입니다.

깨달음이 중요합니다. 두더지도 깨달았기에 제 종족의 위대함을 알았습니다. 분수가 지나치면 탈이 생기는 법입니다. 밥 구럭은 작은 데 억지로 먹고 싶다고 이것저것 집어먹으면 배탈이 나는 것처럼 우리의 삶도 마찬가지입니다.

나를 낮추고 항상 모자란 듯이 사는 것도 현명한 삶입니다. 한 걸음 물러날 줄 알고 나를 낮출 줄 알면 그것이 곧 성인군자요, 나를 높이는 이상을 버리고 하심(下心)할 수 있다면 진실로 남을 위해 봉사할 수 있는 사람이지요.

털고 나면 알몸뿐입니다. 우리의 인생이 알몸입니다. 내 의지와 관계없이 알몸으로 왔다가 또한 내 의지와 관계없이 알몸으로 떠나는 것이 우리의 인생입니다. 그러니 연연해할 필요가 없지요. 빈손으로 왔다가 빈손으로 가는 것, 얼마나 홀가분한 일인가요? 그러니 이제 하나씩 버리고 떠나기를 연습해 보자는 것이지요.

해남도의 잠들지 못하는 영혼들

우리나라처럼 아픈 역사를 지닌 민족도 많지 않을 것입니다. 유서가 깊은 만큼 우여곡절도 많은 것은 당연한 결과인지 모릅니다. 특히, 우리의 아픈 역사는 일본 제국주의로부터 비롯되는 경우가 대부분입니다. 그것은 16세기 말 임진왜란을 시작으로 본격화되었다고 보는데, 오늘날까지 일본과는 미묘한 갈등과 대립 관계에 있습니다. 한일합방 이후 수탈과 백성의 탈취가 지속되고 수없이 많은 학살이 자행되기도 했습니다.

일본 제국주의는 전쟁에서 패하고 철수하면서 증거 인멸을 위해 천여 명에 이르는 조선 사람들을 학살한 뒤 매장했습니다. 이것이 일제가 태평양 전쟁 중에 저지른 가장 참혹하고 불행한 사건 가운데 하나인 중국 해남도 조선인 학살 사건입니다.

얼마 전에 저는 그 역사의 현장인 천인갱을 찾아갔습니다. 막상 현장에 가보니 눈물이 맺혀 몸을 가누기조차 힘들었습니다.

'우리 조상들이 이 머나먼 이국 땅에서 일본제국주의한테 아까운 목숨을 잃었구나.'

이렇게 생각하니 울컥 목이 메었습니다. 순간 부끄러운 생각도 들었습니다. 우리 민족이 당할 수밖에 없는 민족인가 하는 생각에 화가 치밀기도 했고 수치심도 느꼈습니다.

지난 1939년, 일본 제국주의는 남방 침략을 위한 군사 거점을 확보한다는 전략을 세웠습니다. 군사 거점을 확보한 뒤 그들은 자원 약탈을 위해 중국의 최남단인 해남도를 침략했습니다. 1942년 말부터 그곳의 부족한 노동력을 보충하기 위해 조선의 형무소에 수감되어 있던 조선인 수형자 2,000여 명을 그곳으로 끌고 갔습니다. '남방 파견 보국대'라는 이름으로 끌려간 조선 사람들은 비행장 건설과 항만 건설, 철도 부설 공사, 철광 등의 채굴에 동원되었습니다. 그러다가 일본은 전쟁에서 패하자 그 증거를 없애기 위해 천여 명에 이르는 조선 사람들을 무참하게 살해해서 땅속에 파묻었습니다.

해남도에서 일제가 저지른 만행은 상상하기 어려울 정도입니다. 침략적 행위는 물론 약탈, 성의 노예화, 그리고 학살까지……

그래서 일본 민족이야말로 세상에서 가장 잔인하고 야비한 민족이라고 생각합니다. 지금도 그런 생각에는 변함이 없고, 그런 생각을 바꾸고 싶지도 않습니다. 다만 수행자이기에 용서할 뿐입니다.

학살의 양태는 참혹하기 이를 데 없었다고 합니다. 그러나 오늘날까지 학살된 사람들의 신원조차 밝혀지지 않고 있습니다. 학살의 정확한 경위도 밝혀지지 않았습니다. 학살을 지시한 책임자도 지금까지 윤곽조차 잡지 못하고 있는 실정입니다. 일본 당국은 일본군 위안부 문제와 마찬가지로 아직까지 중국 해남도 학살 사건을 시인하지 않고 있습니다. 현재 해남도 천인갱에는 학살된 우리 조상들이 눈도 감지 못한 채 흙 속에서 떨고 있습니다.

그런데 정말 부끄러운 일은 우리나라가 해남도 학살 사건의 진실 규명에 손을 놓고 있을 때 일본 측 시민 단체에 의해 그 진상이 밝혀졌다는 사실입니다. 그때의 진상을 밝히는 모임은 재일 교포와 일본인 들로 구성되었다고 합니다. 이들은 지난 1998년 이후 여러 차례 해남 도를 오가며 사료를 발굴하고 생존자의 증언을 채취하는 등의 활동을 벌여 왔습니다.

이들은 다른 누군가를 위해서가 아니라 자신들을 위해, 또한 앞으로 살아갈 후손들을 위해 제국주의의 참상을 밝히는 일에 앞장서고 있다고 합니다. 이들은 자신의 땅 일본에서 해남도 조사

기획 전시를 추진 중에 거절당했다고 합니다. 그래서 이들이 한국에서 전시회를 열 기로 했고, 마침내 2004년 10월, 서대문 형무소 역사관에서 그 뜻을 이루었습니다.

저는 이들을 존경합니다. 비록 일본인들이라 하더라도 존경합니다. 대승적 차원이 아니면 이런 결정을 내리기 어려웠을 것입니다. 일제 강점기의 참혹한 실상을 규명해 역사의 기록으로 남겨야 한다는 데에 그 목적을 두고 있고, 그런 점을 높이 평가하고자 합니다.

해남도에서 억울하게 죽어간 영령들의 극락왕생을 빕니다. 오랜 세월 눈물과 한숨으로 지냈을 유족들에게도 수행자의 한 사람으로서 깊은 위로를 보냅니다. 이 전시회는 인권이 존중받고, 인류가 평화롭게 살 수 있는 미래에 대한 디딤돌 역할이 되기에 충분합니다.

위로받지 못하고 이국땅에 잠들어 있는 모든 영령들이여, 극락왕생 이루소서. 나무아미타불.

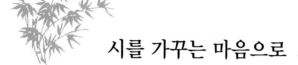

시를 가꾸는 마음으로

시를 쓰는 일은 피 말리는 일입니다. 쉬워 보이는 시 한 줄도 시인의 가슴에서 열 번도 넘게 죽었다가 태어난 말들이지요. 한 줄의 시가 되기 위해 흘려야 하는 땀과 고통은 펜을 들고 원고지 앞에 앉아본 사람이라야 알지요. 사람들이 지껄이는 말이 시가 되는 것이 아니기에, 사람들의 말을 가려 써야 하는 것이 시이기에 그 수행은 어렵고 어려운 일입니다. 또한 말을 글로 표현할 때의 절제함이란……

제가 시를 쓰는 것도 절제를 배우기 때문입니다. 시란 나를 겉으로 드러내지 않고 내면에 숨기는 것이기에 참으로 어려운 작업입니다. 없는 나도 만들어 사람들 앞에 장식하는 것이 사람들의 일이거늘, 있는 나도 감추고 숨기고 사는 삶은 얼마나 어려운 일인가요?

시(詩)라는 말의 한자를 풀어 보니 절[寺]의 말[言]입니다. 절의 말은 곧 부처님의 말씀이니, 그 말씀 어이 아름답지 않은가요? 숨어 있는 속에서 발견하는 진실, 그것이 깨달음입니다. 그러니 시는 쓰는 일도, 감상하는 일도 진실을 발견하는 과정이지요. 그래서 불심이라고 하는가 봅니다.

제가 처음 글을 쓰기 시작하면서 시를 접했는데, 처음 글을 쓸 때는 불교 서적을 집필했던 때라 글의 소중함을 그리 알지 못했습니다. 사실을 사실대로 풀이하면서 쓰면 되는 것이었으니까요. 그런데 부처님 말씀을 접하면서 그 말씀이 하도 시처럼 아름다워, 저녁노을처럼 아름다워 음미하다 보니 저도 마음속에서 이 같은 법문을 써 보고자 하는 마음이 일었습니다.

그래 펜을 잡고 원고지 앞에서 폼잡고 앉아 있는데, 써 놓고 보니 이게 시인지 뭔지 모르겠더군요. 다른 사람더러 시라고 읽어 보라 했더니 이렇게 말합니다.

"스님, 이건 시가 아니라 이야기 같은데요."

그래 절치부심하고 다시 공부하고 공부했지요. 그걸 습작이라고 하지만 제게는 수행의 과정입니다. 그 습작을 오랜 세월 거치고 난 뒤에 다시 보여 주었지요.

"법어집에 나온 말씀 아닌가요?"

제가 지어낸 시인데 법어집 말씀이라고 믿으니 '됐구나.' 싶어 신바람이 났습니다.

그래서 쓰기 시작한 시들이 바로 삼행 시집입니다. 국내 108 군데의 사찰을 둘러보고 그에 대해 짧은 구절이나마 제 불심을 담아 보는 작업을 했지요.

세상의 시인들이 쓰는 것과 제가 써 놓은 시를 비교할 수는 없습니다. 저로서는 그분들처럼 아롱진 글을 가려 담지는 못합니다. 그러나 저는 오히려 삼행의 시가 그분들이 쓰는 것보다 천 배나 만 배는 어렵다고 자부합니다. 그것은 아무리 아롱진 언어라도 모든 감정, 모든 현상, 모든 의식을 세 줄에 담아내야만 하고, 그러자면 언어 하나마다 깊은 고뇌가 실려야 하기 때문입니다. 그러니 말을 더욱 아끼는 것이고, 말을 아끼므로 수행을 하는 것이고, 그것이 불자님들과 함께하므로 포교가 되는 셈이니 더 어렵습니다.

하지만 그 일을 함으로써 '나는 행복한 사람이구나.' 생각합니다. 힘든 과정을 거쳐 삼행의 시가 완성될 때는 깨달음이 완성되는 과정 같기도 해서 행복하고, 제 모자란 인격의 수행 과정 같기도 해서 더 많은 수행이 필요함을 깨달아 행복합니다.

〈청평사〉

청명한 날에 길 떠나는 나그네

평온한 세상에 출세 접어두고

사무친 이내 마음, 또 어디로 떠날까?

〈불일암〉

불일암에 소쩍새 울음소리 운치 있는 향기

일요일에 떠난 사람 다시 돌아오는 시간

암백색 산사에 댓바람 소리

〈백련사〉

백련사 보름달 오늘이 며칠이던가

연꽃 같은 마음으로 속세 탈 벗고 나니

사람이 그리워서 가슴만 출렁이네

　시를 쓰는 마음이 어찌 수행이 아니겠습니까? 그것은 시를 통해 부처를 찾으려, 잃어버린 불성을 찾으려 밤새 몸부림치는 작업입니다. 한 줄의 시도 고통 없이 잉태된 것이 아니라고 생각하면 생각할수록 시에 대한 외경심을 가지게 됩니다.

　많은 불자님들이 시를 사랑하면 좋겠습니다. 몸소 시를 써 본다면 더욱 좋겠다는 생각이 듭니다. 제 경험에 의하면 시를 쓴

다는 것은 자신을 다듬는 과정이 분명하기 때문입니다. 한 생각을 표현하기 위해 반드시 거기에 어울리는 말을 가져와야 한다는 것, 그 말을 스스로 찾아내야 한다는 것, 그래야 글에 조화가 생기는 법이지요. 그렇게 마음을 다잡지 않으면 윗글과 아랫글의 조화가 깨지고, 그러면 바라던 세상도 이룰 수가 없는 법이지요.

시심은 불심이니, 여러분도 시를 가까이 하기를 바랍니다.

나도 욕 좀 합시다

입을 깨끗이 갈무리하는 것은 무엇보다 건강에도 좋습니다. 치아가 건강해야 장수하는 법이니, 치아의 건강이 오복 가운데 하나라고 말합니다. 그런데 하얀 치아를 무색하게 하는 것이 듣기 거북한 말입니다. 욕설은 물론 비아냥거리는 말도, 거들먹거리는 말도, 헐뜯는 말도 그렇습니다. 감언이설로 사람을 꼬드기는 말도 다를 바 없지요. 것입니다. 말로써 짓는 업이 너무 많고 큽니다.

하여 저 역시 입에 욕을 담지 않으려 애쓰고 애씁니다. 수행자이기 때문이 아니라, 어려서도 입에 욕을 매다는 것을 끔찍하게 여긴 집안 어르신 때문에 어려서부터 욕설은 가당치도 않았고, 지금은 승려가 되었으니 더욱 욕설을 듣는 것도 피하려 하지요.

그렇다고 욕이 아예 없는 것도 아닙니다. 그럴 때면 제 자신한테 욕을 합니다.

"네 놈이 헛살고 있어."

"고집불통 놈 같으니." 하며 제 자신에게 지청구를 쏟아놓습니다.

옛날 사람들은 욕설도 유머가 넘쳤습니다. 김삿갓으로 유명한 김병연은 한 시대를 고민하던 대표적인 시인이었습니다. 그 역시 대놓고 욕을 내뱉지는 않았지만, 재치와 유머가 가득 담긴 말과 글을 통해 불편한 심기를 담아냈습니다.

그는 할아버지인 김익순이 홍경래의 난 때, 선천 부사로 지내다가 항복한 것을 수치로 여기고 일생을 삿갓으로 얼굴을 가리고 지팡이로 벗을 삼은 채 전국을 떠돌아다녔습니다. 그래서 그를 김삿갓이라고도 부릅니다.

하루는 어느 고을에 이르러 여러 날 묵게 되었는데, 공교롭게 글을 가르치는 지체 높은 양반 집에 머물게 되었습니다. 그 양반은 고을에 서도 알아주는 어른으로, 양반 자제들에게 시문을 가르치는 훈장이었습니다.

김삿갓은 벌써 몇 끼니 얻어먹었던 터라 염치가 없었지만 목구멍이 포도청이라고 그날도 한 끼를 얻어먹자고 그 집을 찾아갔습니다. 그가 훈장의 집에 도착해 보니 훈장이 책을 읽고 있었습니다.

그런데 훈장의 표정이 전날과 달랐습니다. 물론 김삿갓이 이 집에 처음 온 날부터 반갑게 맞은 것도 아니었지요. 글 읽는 선비라는 동료 의식 때문에 울며 겨자 먹기로 몇 끼니의 밥을 제공한 것입니다.

"인량복일(人良卜一)!"

김삿갓이 방에 들어가는 순간 일하는 찬모가 주인에게 이렇게 말합니다.

김삿갓은 찬모가 지껄인 한 문구가 치졸한 암호라는 사실을 재빨리 알아차렸지요. 주인과 찬모가 암호로 의사를 주고받는 것입니다. 이 말을 두 자씩 조합해 보니 '식상(食上)'이 됩니다. 찬모는 '낮때가 되었으니 식사를 올릴까요?' 하고 물은 것입니다.

'시장하던 터에 마침 잘되었구나.'

김삿갓은 속으로 입을 다셨습니다.

그런데 주인어른의 대답은 이러했습니다. "월월산산(月月山山)!"

이 말을 풀이해 보니 '붕출(朋出)'이라, 벗이 나가거든 가져오라는 뜻입니다. 쌀독에서 인심이 나는 법인데 찬모까지 두고 살 만한 집이 손님을 박대하다니요? 참으로 인정이 메마르구나 싶었습니다. 며칠 동안 끼니를 청하는 자신이 민망하기는 하되, 그렇다고 보는 앞에서 망신을 주는 훈장이 여간 불쾌할 수밖에 없지요.

김삿갓은 한방 얻어맞은 기분에 훈장이 괘씸하게 여겨졌습니다. 글 좀 읽었다는 선비가 글을 가지고 자신을 우롱하고 있다는 생각을 하니 화가 치밀었습니다. 그래서 김삿갓은 복수하고자 봇짐에서 지필을 꺼내어 일필휘지로 휘갈겼습니다.

'제자제미십(弟子諸未十) 선생말불알(先生末不謁)'

음역하면 당장에 욕설이 되는 문구입니다. 뜻을 풀이해 보면 김삿갓의 재치가 얼마나 놀라운지 이해할 수 있습니다.

'제자는 모두 합쳐 열 명도 안 되는 놈이, 선생은 잘났다고 알현도 하지 않는구나.'라는 뜻입니다.

그는 훈장이 괘씸해 되다만 시구를 휘갈겨 주고 밖으로 나와 버렸습니다. 훈장은 김삿갓의 시구에 부끄러움과 더불어 치욕스러움을 느꼈다고 합니다. 그 시대의 아픔을 김삿갓은 이런 해학과 풍자로 달랜 모양입니다. 그러지 않고서야 세상을 견딜 수가 없었을 것입니다.

욕은 나쁜 것입니다. 입에 매달면 구업을 짓는 것입니다. 그러나 욕설도 재치 있는 욕설이 있습니다. 그것은 사람이기에 유머와 해학을 통해 욕설을 표현하는 것입니다. 상스러운 억양을 사용하지 않더라도 억울하고 분한 마음을 표현할 수 있는 것이지요. 그런 말과 글이 필요한 세상입니다. 세상이 복잡해질수록 그런 기능이 더없이 필요하다고 생각합니다.

많은 사람들이 깨달음의 메시지를 해학과 풍자로 표현할 수

있었으면 합니다. 김삿갓처럼 말입니다. 그런 표현을 받아들임에
너그러운 시대가 되기를 바라며, 그 해학과 풍자의 내면에 숨어
있는 진실된 의미를 발견하는 혜안을 지녔으면 하고 바랍니다.
많은 사람들이 깨닫는 하루가 되시기를…….

눈을 감고 세상을 보다

사람들은 눈에 보이는 것만 믿으려 하고, 눈에 보이는 것만 좋아합니다. 이익도 눈앞에 나타나야 믿으려고 합니다. 정작 중요한 것은 눈에 보이지 않는다는 사실은 모른 채 말이죠.

나무를 보세요. 아름드리 큰 나무도 있고, 작고 허약한 나무도 있습니다. 가만히 들여다보면 아름드리 큰 나무일수록 그만큼 뿌리가 깊다는 것을 알게 됩니다. 물론 작고 허약한 나무는 그처럼 뿌리가 깊지 못합니다. 뿌리를 깊게 내려야 비로소 아름드리나무가 되고 열매도 알찬 법입니다. 이것은 너무나 당연한 이치이지요. 그런데 그처럼 당연한 이치조차 사람들은 제대로 보지 못합니다.

나무가 땅 밑으로 뿌리를 내리기 위해서는 엄청난 시련을 거쳐야 합니다. 땅 밑에는 자갈과 진흙도 있고, 단단한 바위도 있습니다. 그러나 나무는 그 땅속에 뿌리를 내립니다. 바위도 뚫고, 진흙의 축축함도 견디며 뿌리를 뻗어 내립니다. 아무리 말하지 못하는 나무라도 뿌리를 깊게 내려야 위로 줄기를 뻗을 수 있고, 그래야만 가지를 치며 잎과 꽃을 피워 올린다는 이치를 알고 있습니다.

그런데 나무보다 몇천 배 위대하고 지혜롭다는 우리는 어떤가요? 아름드리나무를 볼 때도 겉만 보고 감탄할 뿐 그렇게 되기 위해 나무가 견뎌 낸 시련은 생각하지 못합니다.

비와 바람과 눈보라를 거쳐 지금 우리 앞에 우뚝 선 나무를 보세요. 참으로 숭고한 모습에 고개가 절로 숙여지지 않는가요? 나무는 욕심도 없습니다. 아니, 베풀기 위해 사는가 봅니다. 봄에는 싱싱한 생명력을 선물하고, 여름에는 가슴까지 알싸한 그늘을 만들어 줍니다. 또한 가을에는 보배로운 열매를 우리에게 베풀기도 합니다. 그러면서도 아무런 보답도 받지 않아도 불평 한마디 없이 한겨울, 온갖 비바람을 견딥니다.

한해의 모든 즐거움을 털어 낸 채 알몸 그대로 한겨울을 묵묵히 이 겨냅니다. 우리에게 즐거움을 주는 것도 나무에 감사해야 할 일이지만, 채우기보다는 모든 것을 버릴 줄 아는 모습, 하여 더욱 알찬 한해를 키우는 나무에게서 삶의 진정한 의미를 생각해야 합니다. 나무가 열매를 맺고 한겨울을 견디기 위해 얼마나 땅속 깊숙하게 뿌리를 내렸는지 생각해야 합니다.

나무가 땅속에 뿌리를 내리고 살 듯이 우리 역시 세상에 뿌리를 내리고 삽니다. 가족이란 틀 안에서 혹은 조직, 사회 또는 국가 안에서 구성원으로서 뿌리를 내리고 살고 있습니다. 이에 반해 우리가 내리는 뿌리는 깊지 않은 경우가 많습니다. 뿌리가 깊지 못한 것은 나밖에 모르기 때문입니다. 남을 배려할 줄 모르고, 오직 내 주머니만 채우려 하기 때문입니다. 나만 잘 먹고, 내 가족만 잘살면 그만이라는 생각 때문입니다. 이것이야말로 참으로 불행한 일이요, 슬픈 현실이지요.

우리에게도 견고한 뿌리가 필요합니다. 그 뿌리는 땀과 인내와 봉사와 남을 배려하는 마음이 앞서야 합니다. 우리가 뿌리를 깊게 내리면 더불어 아름다운 세상이 열립니다. 요즘처럼 힘겨워도 서로 의지하며 살아갈 용기가 생기게 됩니다.

큰 나무의 뿌리는 눈에 보이지 않지만, 반드시 땅속 깊숙하게 박혀 있습니다. 이것은 너무나 분명한 진리입니다. 뿌리가 드러나면 그 나무는 곧 죽습니다. 우리 역시 이처럼 깊은 뿌리를 내려야만 자신의 인생이 풍성하고 의미가 있는 법입니다. 그러나 결코 욕망으로는 뿌리가 뻗지 못합니다. 마음을 비우고, 욕망을 없애고, 나보다 먼저 남을 배려할 때 얻을 수 있는 법이지요.

3년을 참고 버티며 기다리듯이

새가 나뭇가지에 움츠리고 앉아 있습니다. 나무는 어떤 나무라도 좋습니다. 그것이 소나무까지든, 참나무까지든, 미루나무까지든 상관없습니다.

그런데 새는 날지 않고 있습니다. 하루 이틀도 아니고 3년 동안을 날지 않고 있는 것입니다. 나뭇가지에 앉아 비바람을 맞고 세찬 눈보라도 맞을 뿐입니다. 새는 왜 날지 않고 있는 것일까요? 날개의 기능을 잃어버린 것은 아닐까요? 여러 가지 의심을 할 만하지요.

그러나 그 새는 결코 날개의 기능을 잃어서 그러는 것이 아닙니다. 그 새는 기다리고 있는 중입니다. 3년 뒤에 창공을 향해 힘차게 날기 위해 지금 묵묵히 기다리고 있는 중입니다. 지금 새는 3년 뒤를 위해 에너지를 축적하고 있는 것이지요. 3년 뒤에 이것 보라는 듯이 힘차게 날기 위해 힘을 키우는 과정입니다.

3년 동안 나뭇가지 위에서 새가 겪은 온갖 풍상은 새가 힘차게 날아가는 데 중요한 역할을 할 것입니다. 그리고 새가 자신의 세상을 찾아 날갯짓을 하다가 부대낄 수많은 고행을 견디는 기반이 되리라 믿습니다.

저는 교도소에서 재소자들을 상대로 법문을 할 때 '새가 3년을 날지 않다가 크게 난다'는 '삼년불비(三年不蜚)'에 관한 이야기를 자주 강조합니다. 이 말은 곧 큰일을 이루기 위해 철저하게 준비함을 비유한 것으로, 지금 세상과 단절되어 있지만 먼 훗날을 기약하며 힘을 키울 것을 강조하기 위함입니다.

물론 그 과정은 쉽지 않습니다. 대단한 각오와 긍정적인 마음가짐이 필요합니다. 자포자기한 재소자들도 그렇지만, 많은 분들이 경제적인 상황 때문에 어깨를 움츠리고 계십니다. 저는 이분들이 삶의 의욕마저 상실할까 걱정됩니다. 힘들지 않은 삶은 어디에도 없습니다. 미래의 기쁨을 위해 현재는 힘들어도 좋다고, 오늘 힘든 것은 내일을 위한 도움닫기라고 생각해 보세요.

많은 이웃들이 실의에 잠겨 있습니다. 사는 게 힘이 드니 그럴 만도 하겠습니다. 하지만 어려움은 의지로 충분히 극복할 수 있습니다. 서로 정을 나누면서 위로를 주고받으며 어려운 시기를 지내기를 바랍니다. 밥 한 끼 때우기도 어려운 이웃들이 많습니다. 그분들이 그래도

희망을 잃지 않는 것은 또 다른 이웃들의 보살핌이 있고, 그로써 세상에는 여전히 훈훈한 정이 넘쳐난다는 사실을 느끼기 때문입니다. 이 글을 읽는 모든 분들이 힘과 용기를 지니시기를 희망합니다. 새는 결코 기능을 잃어서 날지 않은 것이 아니라 3년 뒤에 힘차게 웅비하기 위해 그날을 준비하고 있었다는 믿음을 가지기를 바랍니다. 세상을 향해 힘찬 날갯짓을 하는 그날의 감동을 기대하며 오늘도 힘들지만, 가슴속에 큰 뜻을 품고 사는 여러분이 되었으면 좋겠습니다.

먹고살기와 사람답게 살기

요즘처럼 어려운 시기에는 먹고살기가 더없이 어렵습니다. 무료 급식소를 운영하면서 먹고사는 것이 얼마나 중요한 문제인가 다시금 생각하게 됩니다. 배가 고프면 어떤 위대한 지위도 체면도 소용없습니다. 먹고사는 일에 얽매이지 않으면 좀 더 당당해질 수 있을지도 모릅니다. 밥 한 끼 먹자고 사람들 속에 섞여 기다리는 모습, 그 대열에 있어 보지 못한 사람은 그 비애를 결코 느낄 수가 없습니다.

먹어야 산다는 것이 그때는 참으로 슬픕니다. 체면과 비굴함에 차라리 죽어 버리고도 싶어지죠. 목숨에 구차하게 얽매여 밥

한 끼에 모든 자존심을 걸어야 하는 인생이 너무나 서글픕니다.

'품위 있는 존재로 태어났다면 얼마나 좋을까?'

이런 생각도 많이 하게 됩니다.

'바람만 먹어도 살 수 있다면?'

'사람이 신과 같은 존재였으면?'

'신은 먹지 않고도 살 수 있을까?'

별의별 생각이 오고 갑니다.

먹는 것은 즐거움입니다. 먹을거리가 충분하다면 충분히 즐거운 행위라고 생각합니다. 인생에서 음식이 없이 살 수 있는 시대가 온다면 어떨까요? 캡슐에 영양소를 담아 약처럼 끼니를 해결하는 시대, 그런 시대가 올 수도 있을 테지요. 그때는 캡슐로 제공된 영양소를 먹든지 지금처럼 음식을 직접 먹든지 선택할 수도 있을 것입니다.

세상의 생명체는 그래도 먹는 점에 있어서는 공평하지요. 사람만이 먹어야 살도록 만들지 않았기 때문입니다. 다른 생명체도 먹어야 살 수 있지요. 나무를 생각해 보세요. 나무는 영양분을 먹고 자랍니다. 성장이 다 했어도 반드시 영양소를 흡수해야 생명을 유지할 수 있습니다. 하물며 죽은 나무도 습기를 먹으며 존재합니다.

단단한 돌도 죽어 있는 것이 아닙니다. 돌도 생명이 있습니다. 생명을 유지할 수 있도록 돌도 나름의 역할을 합니다. 키가 자라는 돌도 있고, 모양이 변해 윤택해지는 돌도 있고, 낡아지는 돌도 있습니다. 습기를 품고 바람을 맞으며 돌은 살아갑니다. 죽은 듯이 보여도 돌은 분명히 살아 숨 쉬고 있습니다.

눈에 보이지 않는 공기도 생명이 있습니다. 이것은 누구나 아는 사실입니다. 공기가 오염되는 것은 생명이 조금씩 죽어가고 있다는 의미입니다. 생명체가 사는 곳은 어디나 공기가 있습니다. 그 생명체에 생명력을 불어넣는 것이 공기입니다. 나무도 공기가 신선해야 건강하게 자라지요.

개나 닭이나 돼지도 당연히 먹지 않으면 죽습니다. 오직 먹어야 살지요. 생명이 있기 때문입니다. 먹어야 살 수 있다는 것은 우리와 크게 다르지 않습니다. 아주 작은 미물도 먹이를 마련하느라고 분주히 움직입니다.

개든, 돼지든, 개미든 모든 생명체는 살아가는 것이 힘이 드는 법입니다. 사람도 마찬가지입니다. 그런데 우리는 살아가기가 더욱 힘이 듭니다. 단순히 먹는 문제만 해결된다고 살아갈 수는 없기 때문입니다. 오직 먹는 문제만 해결하고 살아가는 삶이라면 개나 돼지와 똑같은 삶이라고 말할 수 있습니다. 우리도 개나 돼지처럼 먹고살기가 힘들지만, 우리에게는 지능이라는 것이 있기 때문에 밥 외에도 해결할 문제가 많습니다.

우리는 혼자만 사는 것이 아니라 가족을 이루고 사회를 이루며 살아갑니다. 그러기 위해서는 사람으로서 지켜야 할 도리라는 게 있습니다. 공동체로서 살아가는 윤리가 있다는 말입니다. 또한 문화 속에서 살아갑니다. 옷을 입으며, 신발을 신고, 노래와 춤을 추기도 합니다. 이것은 사람만이 할 수 있는 일이지요. 이것이 문화요 예술입니다.

어떤 사람들은 인간만이 정신세계가 있다는 것을 부인합니다. 그러나 문화란 인간만이 만들 줄 압니다. 다른 어떤 동물도 자신들만의 문화를 스스로 만들지는 못합니다. 오늘날, 애완견 문화가 널리 유행하고 있기는 하지만 그것은 애완견들 스스로 이룩한 문화가 아닙니다. 어디까지나 인간에 의해 부여된 문화이지요.

정신세계는 어느 생명체에나 있습니다. 어떤 의미에서 모든 생명체가 나름대로 의미가 있듯이 그 생명 나름대로는 정신이 있습니다. 영혼이 있기 때문입니다. 물론 인간과는 감히 비교할 수가 없지만, 영혼이 있다는 것만으로도 모든 생명체는 의미가 있습니다. 특히 불교에서는 그렇습니다. 불교는 철저하게 윤회에 기반을 두기 때문에 그 생각은 더욱 그렇습니다. 불가에서 개고기를 먹지 않는 것도 사람이 죽으면 가장 많은 수가 개로 환생한다고 믿기 때문입니다.

그럼에도 우리는 현재 인간이기 때문에 먹는 것 이상의 가치를 추구하며 삽니다. 먹고사는 문제도 중요하지만 먹고사는 단순한 문제 이외에 인간으로서 누려야 하고 인간으로서 지켜야 하는 문화와 윤리가 있기 때문에 다른 생명체에 비해 사는 문제가 어려운 것이지요. 그러니 인간이 사람답게 사는 일은 참으로 가치 있다고 생각합니다. 인간이기 때문에 무한한 가능성을 지니고 있으며, 인간이기 때문에 가치를 추구하고 문화와 윤리와 도덕을 추구하는 것일 테니까요.

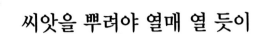

씨앗을 뿌려야 열매 열 듯이

　지금도 어느 법당 부처님 앞에 몸을 숙여 삼배를 올리며 무엇인가를 빌고 계시는 분들이 많으실 것입니다. 사람마다 차이는 있을지라도 모든 분들이 부처님께 바라는 것은 행복한 삶이라 할 수 있을 것입니다. 그렇다면 우리가 바라는 행복은 과연 무엇일까요?

　씨앗을 뿌리면 싹이 나고 씨앗을 뿌리지 않으면 열매를 기대할 수가 없습니다. 이 간단한 원리가 바로 인과응보입니다. 우주의 흐름도 결국 인과의 굴레 속에 있고 우리의 삶도 인과를 벗어나 존재할 수 없으며, 그 인과의 흐름을 잘 파악하고 순응해서 좋은 인(因)으로 좋은 과(果)를 창조해 내는 것이 바로 부처님의 가르침대로 사는 것이라 할 수 있지요.

우리가 원하는 행복도 인과의 법칙 속에서 추구할 수 있지요. 내가 행복하기를 원한다면 누구도 아닌 나 자신이 행복의 씨앗을 뿌려야 합니다. 스스로 행복의 씨앗을 뿌리지 않고 아무리 부처님께 행복을 빌어도 부처님께서는 듣지 못하신 척하실 테지요.

부처님께 행복을 빌기에 앞서 먼저 행복의 씨앗을 뿌리고, 그 뿌린 씨앗이 어긋남이 없이 사된 마장에 걸리지 않고 올곧은 결실을 맺도록 해 달라고 비는 것이 진정한 기도라고 할 수 있지요.

행복의 씨앗을 뿌릴 밭은 우주 법계 어느 곳도 복 밭이 아닌 곳이 없습니다. 복의 밭은 넓고도 넓습니다. 우리는 그 복 밭에 씨앗을 뿌려야 합니다.

복 밭 가운데 가장 으뜸은 인간이라는 밭입니다. 지금 내가 살고 있는 우리의 주변, 바로 우리 이웃이 가장 으뜸가는 복 밭입니다.

인과의 법칙을 안다면, 자신이 행복해지기를 바란다면 지금 자신의 주위를 돌아보세요. 반드시 나누어야 할 우리의 이웃이, 우리의 복 밭이 거기에 기다리고 있을 것입니다. 그 복 밭에 씨앗을 뿌리고 거름을 주소서.

저 들꽃을 모아 꽃다발을 만들어 사랑하는 사람에게 주듯이 우리도 이 세상에 태어나 무엇인가 보람된 일을 하고 가야지 않겠습니까?

그대가 입는 업의 주머니

우연한 기회에 몇몇 지인들을 만나 음료수를 마시며 이런저런 이야기를 나누었습니다. 승려 신분으로 속가 사람들을 만나 서슴없이 이야기하기가 수월하지 않아 그들의 말만 들었지요. 한국의 정치 구도가 어떻다느니, 경제는 지금 어떻다느니, 세상이 어떤 세상이 되었느니 하는 등 세상을 보는 눈이 저마다 각별합니다.

"스님도 말씀 좀 하세요?"

제가 하도 조용히 있으니 주위에서 권합니다. 하지만 딱히 뭐라 할 말이 없어 빙그레 웃으면서 두 손을 모을 뿐입니다.

먹물 옷을 입었다고 세상을 모른다 할 수는 없지요. 하지만 말을 아끼고 싶은 마음이었습니다. 말이 너무 많아, 사공이 많아 세상이 산으로 올라간 배처럼 되지는 않을까 조바심 때문이었는지도 모르겠습니다. 물론 자꾸만 속에서 내세우고 싶어 입이 여간 간지러운 게 아닙니다. 그렇다고 서로 자기 생각이 옳다고 목소리 높이는 틈에서 저마저 목소리를 세우면 모양새가 우스워질 게 불 보듯이 뻔하겠지요. 그때 말하지 않다가 이제야 글을 빌어 생각을 전하는 것은 무슨 뜻인가 싶겠지요. 그건 한 줄의 글이 백 마디 요란한 말보다 힘이 있다는 믿음에서입니다.

그들은 자본주의 사회에서 뭐니 뭐니 해도 돈이 최고라고 이구동성입니다. '돈이 최고'라는 말을 들었을 때 저로서는 너무 부끄러워 얼굴이 붉어졌습니다. 가진 것 없는 수행자의 몸, 가진 것 하나라도 모두 베풀어야 하는 저는 그들 말대로라면 가난뱅이에 지나지 않습니다.

자본주의가 아니라도 돈이란 중요한 것이지요. 살아가기 위해서는 반드시 돈이 필요하니까요. 농사를 짓는 사람도 먹을 양식을 사야 하고, 신발과 옷이 필요하고, 아프면 약을 구해야 합니다. 옷을 만들어 파는 사람은 자기 몸은 자기가 만든 옷으로 가릴 수 있지만 먹을 것은 남의 수고를 빌려야 합니다. 그러니 혼자서는 절대로 살 수 없는 것이 세상의 이치입니다. 물론 돈이야 중요한 요소이지요. 그렇다고 돈이 최고요, 최상의 가치는 아닙니다.

그들이 이 글을 읽는다면 이 글을 통해 묻고 싶은 것이 있습니다.

 "그렇다면 공부는 무엇 때문에 하는가? 그리고 자식들 공부는 무엇 때문에 시키는가?"

 초등학교만 마치고 돈벌이에 뛰어든다면 대학을 마칠 때까지 투입한 학비를 절약할 수 있겠지요. 또한 일찍부터 돈을 번다면 대학원을 마쳐도 제대로 취직되지 않는 지금의 상황에 비추어 훨씬 많은 돈을 모을 수 있을 텐데 말입니다.

 중학교에 다니는 아이에게 "돈 많이 벌라는 뜻에서 너를 학교에 보낸다."고 말하는 부모가 있다면, 아이는 당장 공부를 그만둘 것입니다. 공부를 많이 해서 돈을 많이 벌 수 있다면 너도나도 공부에 매달리지 않을까요? 하지만 공부란 그런 것이 아닙니다. 공부를 하는 것은 사람답게 살기 위해 그러는 것입니다. 그래서 교육이 필요한 것이 아닌가요?

 돈은 다만 수단에 불과합니다. 행복한 생활, 의미 있는 생활, 보람찬 생활, 가치 있는 생활에는 문화와 예술, 사랑과 봉사, 나눔과 베풂이 포함되어 있습니다. 사람이란 이러한 다양한 가치 추구를 위해 사는 것이고, 그것을 위해 돈이 필요한 것입니다. 자본주의 사회라고 해서 돈이 제일이라면 돈이 많은 사람이 당연히 최고로 행복해야 합니다. 그러나 현실은 그렇지 않습니다. 돈 때문에 불행한 경우도 너무 많으니까요.

 지나친 욕심이 문제입니다. 집이 있고, 먹을 양식이 있고, 건강하고, 기본적인 문화를 누릴 수 있다면 그것만으로 충분합니다. 물론 경제적인 여유가 된다면 연극 공연 한 번 더 볼 수 있고, 외국 여행 한 번 더 다녀올 수 있고, 골프를 한 번 더 칠 수 있겠지요. 그러나 다만 그 차이일 뿐입니다. 그러니 돈타령하는 것은 사소한 욕심에서 비롯되는 것이지요.

저는 여러 글에서 우리는 알몸으로 와서 알몸으로 간다고 늘 강조 합니다. 마지막 죽을 때 입는 옷에는 주머니가 없는 법이지요. 죽어서 가지고 갈 수 있는 것은 아무것도 없습니다. 은전 세 닢, 입에 물린 쌀 알 몇 톨을 가지고 갈 뿐이지요. 그간 지은 죄만은 가지고 가겠지요. 슬프고도 슬픈 인생인 것을……

세상 사람들이 돈의 노예가 되지 않았으면 좋겠습니다. 돈은 다만 수단으로 여겼으면 좋겠습니다. 돈이 아니라도 행복하게, 의미 있게, 가치 있게 살 수 있는 방법은 너무나 많다는 것을 깨달았으면 좋겠습니다. 돈은 중요하지만, 그것이 최고일 수는 없습니다.

침팬지 아줌마의 입원기

별명이 '침팬지 아줌마'인 50대의 보살님이 계십니다. 침팬지처럼 생겨서가 아니라, 사랑스럽고 예쁜 마음이 그와 같아서 붙은 별명입니다. 이분은 매일 거르지 않고 저를 도와 봉사 활동을 하십니다. 그런데 이틀이나 갑자기 모습이 보이지 않았지요. 그럴 분이 아니니 걱정이 앞서더군요. 그런데 집에 전화해도 받지 않았습니다. 일주일 지나서야 겨우 전화 통화가 되었는데 몸이 아파 며칠 동안 병원에 입원했다는 것입니다.

입에서 탄식이 터지더이다.

'나는 어쩌자고 이들을 이렇게 힘들게 하는가?'

생각하니 공허한 마음이 들었습니다. 그분의 집을 찾아가 병문안을 하는데, 죄송한 마음이 앞서서 말문을 열지 못했지요.

봉사란 말처럼 그렇게 쉬운 일은 아닙니다. 물론 마음만 먹었다고 되는 게 아니라, 실천하기도 어렵고, 그것을 지속하기는 더욱 어렵습니다. 그런 줄 뻔히 알면서 봉사하시는 분들의 수고를 잊고 있던 제가 정말 죄인입니다.

그런 제 표정을 보시던 그 보살님이 입원했을 때의 이야기를 불쑥 꺼냅니다. 몸이 너무 아파 응급실로 갔는데, 호흡이 어려워 산소 호흡기를 사용해야 했습니다. 그런데 자꾸만 점심 식사를 기다리시는 할머니, 할아버지들 생각에 마음이 급하고 답답해서 호흡기를 빼버렸습니다. 이것을 본 간호사는 서둘러 다시 산소 호흡기를 끼워 놓고, 그러면 또 마음이 앞서 다시 그것을 빼는 실랑이가 하루에도 몇 번이었습니다.

그런데 한번은 산소 호흡기를 빼고 간호에 힘들어하는 남편과 함께 병상에 나란히 누워 있었다지요. 그때 교대한 간호사가 오더니 남편이 환자인 줄 알고는 남편 입에 산소 호흡기를 꽂으려고 했습니다. 남편이 깜짝 놀라 당황한 것은 당연했지요.

"아이고, 내가 아니고 내 마누라가 환자요! 난 아니라고요!"

그러니 그 간호사는 물론 응급실 안에 있던 사람들 모두 한바탕 웃음보를 터뜨린 것도 당연했지요.

그분은 그때 사람은 죽는 순간에도 그렇게 웃을 수도 있다는 존재라는 것을 깨달았다고 합니다.

아울러 CT 촬영을 하려고 할 때도 간호사가 와서 "산소 호흡기를 하고 침대에 누우세요." 하는데 괜찮으니 그냥 가자고 고집을 부리다가 숨이 막혀 죽을 뻔한 소동을 피우기도 했다고 합니다.

'평소에는 아무것도 아니더니, 공기 중에 있는 산소가 이렇게 소중할 수가 없구나.'

이렇게 깨달았다고, 그래서 자신도 산소처럼 누군가에게 신선한 생명이 되고자 한다고 말합니다.

그분은 늘 남김없이 베풀고 가는 것이 참된 인생이 아니냐고 하십니다. 그렇게 너털웃음 짓는 님의 앞날에 건강과 부처님의 은혜가 항상 함께 하시기를······.

새들의 노래 자랑 대회

우리는 경쟁 시대에 살고 있습니다. 경쟁은 부족한 데에서 비롯됩니다. 자본주의 사회에서는 특히 경쟁을 통해 이겨야 먹고살 수 있습니다. 대학도 남을 떨쳐야만 들어갈 수 있고, 회사도 경쟁하는 다른 사람을 밀어내야만 입사가 가능합니다. 물자가 제한된 상황에서 먹을거리를 얻으려면 또한 치열한 경쟁을 거쳐야만 합니다. 부족한 일자리도 당장 경쟁에서 남을 떨쳐 내야 가능합니다. 그러니 정당한 방법이 먹혀들 리가 없습니다. 하여 뇌물이 개입하는 것이겠지요.

뇌물은 자리와 위치, 식량, 물자가 부족하고, 그래서 그 부족한 것을 쟁취하기 위해 필연적으로 등장합니다. 뇌물을 비롯한 부정부패도 여기에서 시작됩니다. 오늘날, 많은 사람들이 먹고 살기 힘든 상황에서 이와 같은 부정부패는 더욱 가속화되고 있습니다. 그렇다면 부정부패는 인류 사회에서 피할 수 없는 걸까요? 우리나라의 민담 중에는 이를 풍자한 것들이 적지 않습니다. 그 중 하나를 소개할까 합니다.

어느 산골 마을에 노래자랑 대회가 열렸습니다. 꾀꼬리와 앵무새, 뜸부기가 선수로 출전했습니다. 심사 위원은 황새가 맡았지요.

'꾀꼬리처럼 잘한다.', '앵무새처럼 잘한다.'라는 말도 있듯이 꾀꼬리와 앵무새는 노래 잘하기로 소문난 선수들입니다. 그런데 뜸부기는 노래에는 영 소질이 없습니다. 그런 뜸부기가 노래자랑 대회에 출전했고, 상을 타고 싶은 뜸부기로서는 당연히 뇌물이 떠올랐겠지요.

노래자랑 하루 전날, 뜸부기는 심사 위원인 황새가 좋아한다는 개구리를 한 바구니 가득 담아 황새 집을 찾아갔고, 잘 봐 달라며 은밀히 부탁했습니다.

마침내 노래자랑 대회가 열리는 날, 관중들도 많이 모였습니다. 첫 번째 선수인 꾀꼬리가 자기소개를 하고 노래했습니다. 여기저기에서 박수가 터져 나왔지요. 꾀꼬리야 당연히 노래 잘하기로 소문난 선수였기 때문이지요.

꾀꼬리의 노래를 들은 황새가 이렇게 평했습니다.

"정말 노래를 잘도 하는군요. 하지만 음이 너무 높은 것이 안타깝습니다."

꾀꼬리에 이어 앵무새가 무대로 나와 인사를 마치고 노래했습니다. 앵무새의 노래도 돋보였습니다. 굽이굽이 끊어질 듯이 말듯이 휘어 넘어가는 솜씨가 듣는 이의 애간장을 녹이기에 충분했지요. 노래를 마치자, 황새가 심사평을 말했습니다.

"역시 앵무새입니다. 그런데 노래가 너무 간드러져 문제입니다."

세 번째 출연자인 뜸부기의 얼굴에는 자신감이 가득했습니다. 믿는 구석이 있으므로 까불대며 무대에 걸어 나왔고, 관중을 향해 인사를 올렸습니다. 그리고 마침내 목청을 가다듬어 노래를 부릅니다.

"뜸북뜸북, 뜸북뜸북."

노래가 끝나자 관중들은 다들 심드렁한 표정인 것은 당연한 일. 그런데 황새의 심사평은 정반대입니다.

"뜸부기 노래는 꾀꼬리나 앵무새에 비하면 좀 쳐지지만 노래가 아주 독창적이군요. 아주 개성 있습니다. 그래서 합격!"

이렇게 해서 뜸부기가 1등 상을 차지했다는 우스갯소리입니다. 우리 사회에도 이 같은 경우가 수없이 많이 일어납니다. 코에 걸면 코걸이, 귀에 걸면 귀걸이 식으로 말입니다. 우리는 음이 너무 높다고 해서, 노래가 너무 간드러져서 탈락시킨 것처럼 부조리와 불합리가 난무한 세상에 살고 있습니다. 뜸부기가 꾀꼬리와 앵무새를 제치고 노래자랑에서 1등을 하는 시대에 우리가 살고 있습니다. 상식이 무너지는 시대, 어떻게 이런 고리를 끊을 수 있을까요? 생각하면 긴 한숨부터 터져 나옵니다.

문제는 믿음입니다. 서로에 대한 신뢰를 잃었기 때문에 이런 일이 일어납니다. 자신의 본분대로 최선을 다하면서 사는 것이 값진 것이라는 믿음을 회복해야 합니다. 어떻게 사는 것이 진정 잘사는 것이며 가치 있게 사는 것인지 믿음을 회복해야 합니다.

실력이 제대로 평가되고, 실력 있는 사람이 제대로 대접받는 시대가 되어야 합니다. 그러기 위해서는 학벌이나 지연, 혈연의 고리를 끊어야 합니다. 학벌이나 지연, 혈연은 세상을 좀먹는 병충해와도 같지요. 이것은 하루아침에 고쳐질 병폐는 아닙니다. 하나씩 제대로 고쳐 나가야 합니다. 그래야만 정의로운 사회, 마음 편하게 살 만한 사회가 이루어지겠지요.

《구운몽》을 읽는 밤

새벽녘에 일어나 불경을 외는 일도 중요하지만, 고전을 읽는 여유 또한 그 재미가 쏠쏠합니다. 손끝에 침을 발라 가며 책장을 넘기다 보면 절로 향수에 젖습니다. 고서점에 들러 퀴퀴한 종이 냄새를 맡을 때와 같은 추억은 아니어도 그렇게 책장을 넘기다 보면 코끝에 시린 느낌이 밀려옵니다.

최근에 우리 옛 고전 중에서 김만중의《구운몽》을 다시 읽었습니다. 김만중이 유배 시절에 그의 어머니를 위해 지었다는 이 소설을 읽으면서, 예전과 달리 새롭게 깨달은 바가 있어서 몇 자 적어 봅니다.

성진은 수행 중에 세속적인 욕망에 사로잡혔습니다. 온갖 욕망들이 가슴에 불쑥불쑥 솟아올라 번뇌합니다. 그러던 중 성진은 양소유라는 인물로 환생해서 그가 평소 욕망에 품었던 일들을 모두 경험합니다. 세상의 모든 재미에 빠지지요. 양소유는 과거에 급제하고 정계에 나아가 임금의 총애를 받습니다. 그리고 무공을 세우면서, 팔선녀를 거느리며 부귀공명의 극치를 이룹니다. 그런데 어느 순간 깨어보니 그것은 한낱 꿈이라는 것을 깨닫습니다. 꿈에서 깨어났을 때의 그 허망함이 얼마나 컸을까요? 소설에는 이렇게 적고 있습니다.

"좌우를 돌아보니 여덟 여인 또한 간 곳이 없는지라. 성진이 경황없어하더니 높은 대궐과 많은 집들이 일시에 사라지고 제 몸은 한낱 작은 암자 중의 한 포단 위에 앉았으되, 향로에 불이 이미 사라지고 지는 달이 창에 이미 비치었더라."

"스스로 제 몸을 보니 백 여덟 염주가 손목에 걸려 있고, 머리를 만지니 갓 깎은 머리털이 가칠가칠했으니 완전히 소화상의 몸이요, 대승상의 위엄은 온데간데없으니 정신이 황홀해서 오랜 후에 비로소 제 몸이 연화 도량 성진 행자인 줄 알고 생각하니 이 모든 것이 하룻밤 꿈이러라."

또 한 가지, 이 소설에서 성진은 양소유요 양소유는 성진입니다. 즉, 상반되는 두 사람이 한 사람이며, 한 사람 안에 있는 두 사람입니다. 우리도 자신의 내면에 두 사람의 모습을 지니고 있습니다. 그것은 현실의 나와 이상의 나이지요. 그것이 결코 따로 존재할 수도 없고, 그렇다고 항상 한 데 있을 수도 없습니다. 두 인물 사이의 간극을 조절하는 것이 우리의 사명이 아닌가 생각해 봅니다.

베풀고 사랑하고 나누고

우리는 조건 없이 베풀었을 때 마음이 편안하고 작은 만족으로도 행복을 느낄 수 있다는 것을 잘 알고 있습니다. 하지만 인간이기에 욕심을 챙기고, 작은 진리를 행동으로 옮기지 못하는 것이겠지요. 하여 마음을 열고 조금의 여유라도 찾아 우리 주위를 돌아보면서 살아가야 하겠습니다. 그렇게 자신이 베풀 수 있는 최소한 마음으로 대가 없이 베풀고 베풀어야 하겠습니다.

풍요로운 사회, 믿음을 주는 사회로 나아갈 수 있도록 우리 모두 마음의 문을 열고 덕을 쌓아 봅시다. 인간으로 태어나 출세하면 얼마나 출세하고, 권력을 얻으면 얼마나 오랫동안 그 권력을

누릴 수 있을까 생각해 봅시다. 하여 덕을 쌓아 신뢰를 구축하고
베풀 수 있는 사회를 만드는 데에 우리 모두가 앞장서 주었으면
합니다.

이 세상 사람들은 모두가 행복에 넘쳐 사는 것도 아니고, 그렇
다고 모두가 불행하게 사는 것도 아니지요. 천 석을 가진 사람은
천만 가지 근심이 있고, 백만장자는 백만 가지 근심이 있다고 합
니다. 사람들이 저마다 기대 수준을 낮출 때 행복을 느끼는 것이
아닌가 싶습니다. 뜬구름을 잡듯이 허망한 생각만 해서는 행복을
느끼지 못하지요.

행복한 사람이란 항상 아래를 보고 살면서 자기 자신의 장단
점을 빨리 파악하고 거기에 맞추어 세상을 살아가는 사람이겠지
요. 욕심이 많고 기대가 크면 실망도 큰 법입니다. 작은 것을 찾
아 만족해하고 행복을 느끼고 항상 아래를 보면서 살 때 진정한
행복이지요.

세상에는 받은 기쁨과 주는 기쁨이 있다고 합니다. 그중 받는
기쁨보다 주는 기쁨이 오래 간다고 합니다. 모든 세상 사람들의
고통을 나의 아픔으로 여기고 한 생명도 저버릴 수 없는 대자대
비의 부처님 사상을 실천으로 이어가는 것은 참으로 반가운 일이
아닐 수 없습니다. 바로 이것이 우리가 살고 있는 이 사회를 극락
정토 불국토로, 더 불어 함께 사는 사회로 꾸미는 길이며, 그 길
을 가는 분들이야말로 복지 이념에 함께 한 분들이시며, 그분들

이 바로 부처님의 동체 대비에 동참한 분들이시지요.

　마지막 입는 옷에는 주머니가 없지요. 우리가 가는 날까지 베풀고 나누면서 행복을 느끼며 살아가야 할 것입니다.

하심(下心)의 의미를 깨닫는 삶이기를

목소리가 커야 사는 세상이라고 사람들은 말합니다. 아니, 정말 세상이 그런 것도 같습니다. 앞에 나서서 목소리를 세우지 않으면 관심을 받지 못합니다. 그러니 당연히 남보다 먼저, 남보다 크게, 남보다 위에 서지 않으면 안 된다고 생각합니다. 현대인들의 이러한 논리는 불교에서 말하는 하심(下心)을 무색하게 만들어 버립니다.

하심이란 나를 한없이 낮추는 것을 의미합니다. 나를 끝없이 낮추는 행위, 정말 쉽지 않은 일이지요. 나를 한없이 낮추고만 산다면 어려움에 직면할 수 있을 테지요. 오늘날, 혐오 시설이

들어서는 지역의 주민들이 힘을 합쳐 저항함으로써 그것을 저지합니다. 목소리를 낮추고 가만히 있으면 혐오 시설이 내가 사는 지역에 들어서고, 그러면 땅값도 문제고, 위생상 꺼림직하겠죠.

그러나 하심이란 어떠한 경우, 어떠한 처지에서도 나를 최대한 낮추는 것을 요구합니다. 강력하게 나를 낮추는 것입니다. 이것은 나를 버리는 행위가 아니라 나를 찾기 위해 낮추는 행위입니다. 혐오 시설 같은 분쟁에서 나를 낮추는 행위는 이해와 타협으로 나타납니다. 어떤 경우에도 이해와 타협을 통해 분쟁을 해결할 수 있는 법입니다.

인간과의 관계 속에서 나를 낮추는 행위는 더욱 중요합니다. 이것은 겸손함으로 나타납니다. 권위 있는 사람이 권위를 과시하고, 힘 있는 사람이 힘을 과시한다면 세상은 균열에 빠지게 됩니다. 그러한 행위 자체가 공동의 파국을 의미하기 때문에 사회적으로 부정적인 결과를 끼칩니다.

대표적인 경우가 정치 집단입니다. 정당 간에 양보란 찾아볼 수가 없습니다. 양보가 미덕이라는 말도 옛말이 되었는데, 정치인들의 행태는 극단을 달리고 있습니다. 이해와 타협은 없고 오직 독선과 아집으로 일관합니다. 내가 속한 정당은 무조건 옳고 남의 정당은 무조건 잘못된 것이며 그르다는 인상을 풍깁니다. 하심의 마음이란 좀체 찾아보기 어렵습니다.

제가 세상을 살면서 터득한 것은 나를 낮추는 행위가 결과적으로 는 나를 높이는 행위가 된다는 사실입니다. 복(卜) 자를 가지고 살펴보기로 할까요. 내 목소리만 키우고 내가 지닌 힘과 권세를 휘두르는 사람은 분명 남의 위에 있고자 합니다. 그들은 남을 누르려고 합니다.

그런 사람들은 항상 위에만 있고자 합니다. 그렇게 그들은 卜 자의 위에 섭니다. 그러면 下가 됩니다. 남의 위에 서려고 하는 사람들은 결국 남의 눈에는 아래 하자로 보이게 됩니다. 그런데 남의 아래에 서려는 행위, 다시 말해 이해하고 배려하며 한 걸음 물러나는 겸손한 행 위, 남의 아래에 서려는 것은 남의 눈에는 上으로 보이게 됩니다.

결국, 하심이란 나를 존귀하게 보이게 하는 행위입니다. 사람들은 지금 이 순간의 모습만을 보려고 합니다. 오직 나의 입장에서만 생각합니다. 남의 시각으로 한 번만 생각해 본다면 내가 남의 위에 서려고 하는 행위가 실제적으로는 남의 아래에 서게 되는 불행한 행위라는 사실을 어렵지 않게 깨달을 수 있습니다.

저는 산문에 들어와 수행하면서 하심이 얼마나 수행에 필요한지 수도 없이 깨닫습니다. 욕망이 일어서려고 할 때, 그리움이 꿈틀거릴 때조차 하심은 저를 위험에서 건져 올립니다.

나를 낮추고 한 걸음 뒤로 물러나는 겸손함은 또한 덕을 불러옵니다. 덕을 쌓는 일은 불교에서 가장 중요한 실천 덕목이기도 합니다. 덕은 내가 지난날 쌓은 업을 씻을 수 있는 행위가 되기 때문입니다.

그러니 나를 낮추는 하심이야말로 수행자뿐 아니라 인간 모두가 수행해야 하는 실천 과제이지요. 나를 낮추는 것은 아름다움입니다. 모든 것은 하심에서 시작된다고 해도 지나친 말은 아닐 것입니다. 하심, 참으로 듣기 좋은 말입니다.

하심이 나를 낮추는 행위라는 말씀을 드렸거니와, 겸손과 겸허 또한 나를 낮추는 행위입니다. 산문에 든 승려나 불자들은 하심이란 자신을 낮추는 것을 표현하지만 세상 사람들의 경우 겸손이나 겸허라는 표현을 씁니다. 겸손이며 겸허, 물론 둘 다 나를 낮춘다는 말로 좋은 표현입니다.

그런데도 둘 사이에는 미묘한 차이가 있습니다. 크게 구별하지 않고도 사용할 수 있지만, 생각의 자유로운 틀을 잡기 위해 적어 보는 것입니다. 결론은 모두 나를 말할 수 없이 낮추는 행위입니다.

예술에는 어떤 경우에도 최고란 없습니다. 예술은 최고의 경지에 도달했다고 말하기가 쉽지 않은 분야입니다. 예술은 끊임없이 미적 가치를 추구하는 장르이기 때문입니다. 설령 최고의 경지에 오른 예술가라고 해도 자신이 현재 창조해 내는 예술 작품이 완벽한 창조물일 수는 없습니다. 그래서 다음 작품을 기대하게 됩니다.

이처럼 부족한 자신의 한계를 알기 때문에 자신을 낮추는 행위는 겸손입니다. 누가 고개를 숙이고 자신을 낮추는 행위에 대해 겸손한 사람이라고 말하는 것은 그 사람의 한계 혹은 미완성의 의미가 은연중에 내포되어 있는 의미입니다. 자신의 현재 상황을 인식하고 자신을 낮추는 사람은 겸손한 사람입니다.

그런데 겸허란 이와 의미가 조금 다릅니다. 최고의 경지에 오른 연주가가 자신을 낮추는 행위가 바로 겸허입니다. 또한 인격이 완전히 갖추어져 많은 사람들로부터 추앙받는 인물이 자신을 대중 앞에서 낮추는 행위를 우리는 겸허라고 부릅니다. 그러니 어떤 의미에서 보면 '겸허하다'라는 말을 듣고 사는 사람이 '겸손하다'라는 말을 듣고 사는 것보다 의미가 있는 삶이라고 말할 수 있습니다.

부족한 사람은 부족한 대로 자신의 인격의 미성숙을 인정하고 자신을 낮추는 것도 아름다운 행위입니다. 그런 사람은 완성된 자아를 위해 끊임없이 노력하는 자세를 추구할 것이기 때문입니다.

많은 이들로부터 존경받는 나무랄 데 없는 인격을 지닌 사람이 자신을 낮추면 그를 대하는 모든 사람이 그를 존경합니다. 그런 위인을 우리는 본받으려고 합니다. 그러기 때문에 겸허한 사람은 많은 이들에게 삶의 본보기가 됩니다. 그의 삶의 모습은 많은 이들이 본받고자 하는 모습입니다. 또한 그런 경지에 오른 사람이 자신을 한없이 낮추는 모습을 대할 때 많은 사람들은 뿌듯해합니다.

오늘날, 우리는 어떤 모습인가요? 겸손한 사람도 드물고, 겸허한 사람도 드뭅니다. 부족하고 미흡한 사람이 최고인 것처럼 목소리를 세우고 위세를 부리려고 합니다. 아무리 봐도 존경할 인물이 못 되는 사람이 무게를 잡고, 가진 것 없고 배운 것 없는 무지렁이라고 업신여깁니다. 많은 사람들을 만나다보면 그런 사람들이 주위에는 많이 있음을 깨닫습니다.

나름대로 지체 있다고 여겨지는 사람은 그 티를 행동에서 내보입니다. 높은 자리에 있는 사람한테 어쩌다 전화를 걸어 보면 전화 통화하기조차 힘듭니다. 설령 전화가 연결되더라도 불손하기 그지없습니다. 반기는 기색은커녕 '네 따위가 나한테 전화를 하다니……' 하는 인상을 풍깁니다. 아무개는 장관을 지냈다고 보통 사람들을 만나는 것을 꺼리고, 아무개는 변호사라서 노동일을 해서 근근이 먹고사는 초등학교 동창생을 만나는 것을 꺼림칙하게 생각합니다. 우리는 이런 시대에 살고 있습니다.

우리 사회가 자연스럽게 어우러지는 사회이기를 바랍니다. 부족한 사람은 부족한 대로 겸손함을 배우고 잘난 사람은 잘난 사람 나름대로 겸허함을 배웠으면 좋겠습니다.

나를 어떤 틀에 가두려는 것은 매우 어리석은 행위입니다. '내가 누군데.' 이런 생각을 빨리 버려야 합니다. 대통령을 지낸 사람이 대통령을 지낸 사람하고만 어울리는 부조화, 물론 가정이지만 그것은 인생의 비극입니다. 그만큼 자신의 인생이 비참하고 좁은 삶이 되는 것이지요. 국회의원을 지낸 사람이 위세 부리느라고 옛친구들을 외면한다면 그것은 불행한 삶입니다. 그 사람의 인생은 그만큼 폭이 좁아지는 것이지요.

더불어 사는 사회가 되었으면 하는 바람입니다. 누구나 한 데 자연스럽게 어울릴 수 있는 사회, 그처럼 배려하는 사회가 되었으면 좋겠습니다. 나를 어떤 틀에 가두는 행위야말로 배척해야 합니다. 겸손과 겸허의 의미를 이해하고, 행동하는 데 적용하기를 바랍니다. 나를 낮추는 행위는 사는 데 매우 중요하며, 낮추는 이의 마음가짐 또한 중요합니다. 부족한 사람은 부족한 부분을 메우려는 겸손함을 보여 주고, 인격적으로 완성된 사람에 든다면 가난하고 지치고 병들고 낡은 이웃을 한없이 포용하는 너그러움을 보여 주기를 바랍니다. 그런 세상이 바로 불국정토 복지 사회가 아닌가 생각해 봅니다.

착하게 산다는 것

착한 사람으로 산다는 일만큼 어려운 일도 없을 테지요. 현대인들은 다양한 구조 속에서 복잡한 관계를 맺고 경쟁적으로 살기 때문입니다. 그래서 착하게 살다가 봉변을 당하는 일도 적지 않아요. 아니, 착한 것은 멍청한 것으로 여겨지기도 합니다. 이처럼 우리는 복을 받고 잘 사는 일이 착한 행위에서 비롯된다는 사실을 간과한 채 살고 있습니다.

"착한 일을 하는 사람에게 하늘이 복을 내리고, 악한 일을 하는 사람에게 하늘이 재앙을 준다."

이것은 《명심보감》에 나오는 말입니다. 사람들은 자신의 착한 행위가 적다고 여겨 실천하지 않으려고 하는 반면 악한 정도가 적다고 여겨 악한 행위를 해도 괜찮겠지 하는 잠재의식이 있습니다.

중국 전국 시대의 사상가인 장자는 하루라도 착한 일을 생각하지 않으면 모든 악한 것이 저절로 일어선다고 했습니다. 이렇듯이 우리는 착한 일을 보거든 목이 마를 때 마실 물을 본 듯이 주저하지 말아야 하고, 악한 것을 듣거든 귀머거리처럼 해야 합니다. 물론 말은 쉽지만 막상 하기는 어렵다는 것을 저도 잘 알고 있지요.

제가 아는 분의 이야기를 할까 합니다. 그분이 길을 지나가던 중이었습니다. 앞가슴에 아기를 안고 지나가던 아주머니가 그만 손에 쥐고 있던 돈지갑을 떨어뜨리고 말았습니다. 그것을 본 그분이 그 돈지갑을 주워 주려고 손을 내밀었습니다. 그런데 도와주려는 것이 오히려 오해를 사, 그때 갑자기 "도둑이야!" 하는 그 아주머니의 고함소리에 놀라 멈칫거렸습니다. 그 때문에 정말 도둑으로 몰려 당혹스러웠다고 합니다.

아주머니는 그분이 떨어진 돈지갑을 훔쳐 달아날 줄 알고 지레 소리를 지른 것이었지요. 이렇게 서로를 믿지 못하는 세상도 문제입니다. 어쩌면 믿지 못할 세상은 우리 스스로가 그렇게 만든 것이 아닌가 싶습니다.

우리는 많은 사람들과 원한을 맺고 살고 있습니다. 이것은 그들에게 악한 언행을 했기 때문입니다. 옛 성현들은 누구든 원한을 맺지 말라고 당부했습니다. 그것은 세상을 살다 보면 인생의 어느 골목에서 든 원한을 맺은 사람과 반드시 만나기 때문입니다. 원한을 가지고 살면 그와 좁은 곳에서 만나기 쉽습니다.

사람들은 마음이 급합니다. 하루 착한 일을 하고서 그날 당장 복을 받으려고 합니다. 그러나 복은 당장 오는 것이 아니지요. 착한 일을 한 사람은 당장 복이 오지 않더라도 화(禍)는 스스로 멀어지지요. 단 하루 악한 일을 행한 사람은 당장 화를 입지는 않겠지만 그만큼 복은 점점 멀어집니다.

봄 동산의 풀은 자라나는 것이 보이지 않습니다. 그러나 어느 순간에 보면 몰라보게 자라나 있습니다. 착한 일을 행하는 것도 이와 같아요. 칼을 숫돌에 갈아 보세요. 닳아 없어지는 것이 그 즉시 눈에 보이지 않지만 조금씩 이지러지는 것을 느낄 수 있습니다. 악한 일을 행하는 것도 이와 같지요.

'착하게 살아라.' 하는 것은 하늘의 명령입니다. 이 명령에 순응하며 사는 사람은 흥하고 이를 거역하는 자는 망하는 것은 당연한 이치이지요. 악한 일을 한 사람이 잘살고 이름을 날리는 것 아니냐고 말씀하실 분도 계시겠지요. 하지만 그것은 눈에 보이는 것일 뿐 결국 그는 인과응보의 벌을 받게 마련입니다. 그것은 불교든, 기독교든, 유교든 마찬가지이지요.

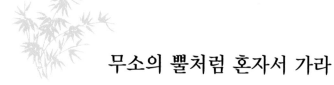

무소의 뿔처럼 혼자서 가라

언제나 열린 마음으로 작은 손길이나마 보내고자 합니다. 많은 이들에게 제 작은 손이 행복이 되기를 바라는 마음으로, 인생이라는 굴레에 의미 있는 지문을 새기는 수행의 도량이 되고자 합니다.

오늘날, 우리는 너무나 많은 것을 잃어 가고 있습니다. 사람다움의 경건한 토대가 흔들리고 있습니다. 사랑과 자비는 멀고, 질투와 시기에 눈멀었습니다. 꽃 같은 삶의 향기가 피어오르던 사바의 모습은 이제 버겁기만 합니다. 그래도 그 진흙 위에 피어나는 연꽃이 있기에 우리는 삶의 의미를 찾지요.

모든 일은 마음이 근본입니다. 마음에서 나와 마음으로 이루어지는 법이지요. 하여 맑고 순수한 마음으로 말하고 행동하는 삶이고자 합니다. 화려하게 꾸미기보다는 가난하고 지친 미천한 이들의 영혼을 깨우는 한 마디의 언어가 되고자 합니다. 한 줄기 봉사와 희생이고자 합니다.

아무리 어리석은 사람이라도 남을 꾸짖는 데는 밝고, 비록 재주 있다 해도 남을 용서하는 데는 인색한 법이지요. 이럴수록 마땅히 남을 꾸짖는 마음으로 나를 꾸짖고, 나를 용서하는 마음으로 남을 용서하는 삶을 살고자 합니다. 성현의 경지에까지 이르지 못하는 미천한 삶이나마 성현의 삶을 본받고자 합니다.

끊임없이 배우는 사람이고자 합니다. 배움이 얕은 사람은 늙음에 익숙합니다. 육신의 살은 찌고 늙지만 그 지혜는 자라지 못합니다. 비통하고 비통한 세상이지요. 우리는 젊습니다. 생명이 남아 있는 한 우리는 젊습니다. 하여 생명이 남아 있는 한 수행의 켜를 쌓으려 합니다. 정신적인 재산을 쌓고 베풂의 정신을 몸에 두르려 합니다. 허기에 쓸쓸히 죽어가는 백로가 되지는 않으렵니다. 부질없이 지난날을 원망하지도 않으렵니다. 굶주리고 지친 이들을 걱정하는 마음으로 무소의 뿔처럼 혼자서 가고자 합니다.

세상의 아픔과 함께하고자 출가한 몸, 숨이 멎는 그 순간까지 세상을 떠돌다가, 사랑 한 자락, 마음 한 자락 티끌같이 남은 작은 힘이나마 베풀고자 합니다. 세상은 결코 혼자서 지고 갈 수 없기에······.

　하여 세상의 피곤한 여정에 한 줄기 빛이나마 비추고자 합니다. 그래서 한 생명을 살린다면, 그때 감히 먹물 옷 입고 머리 깎은 절간 스님이라고 말할 수 있겠지요.

　희생과 봉사, 이것은 참으로 큰 진리입니다. 그 진리를 실천하고자 이 몸, 그 미련 때문에 아직도 세상을 헤매고 있습니다.

글을 쓰는 마음으로

　책은 마음의 양식으로, 사람은 책을 만들고 책은 사람을 만듭니다. 그래도 무엇이 먼저냐고 하면 사람이 먼저이지요. 살다 보니 지혜가 생기고 그것을 기록으로 남겨 후세에, 혹은 세상 사람들에게 전하고자 책을 엮는 거지요. 그래서 책은 지혜의 창입니다. 생활은 지혜의 결과를 반영하기 때문에 책이 생활 속 깊숙이 들어와 있다고 해도 과언이 아니죠.

　모름지기 선비는 세 수레의 책은 읽어야 한다고 봅니다. 그래야만 사람으로서 구실을 할 수 있다고 합니다. 그만큼 책 속에는 다양한 삶의 양식이 녹아 있고, 사상과 철학이 깃들어 있습니다.

그러니 책을 읽는 일이 그만큼 중요하지요. 사람이 태어나 처음 가족을 익힌 뒤에 책을 통해 많은 경험을 접하는 것도 책의 중요성을 입증하지요.

책을 읽는 것 역시 수행입니다. 더욱이 책을 읽는 수행은 매우 세심한 주의가 요구되지요. 행간에 녹아 있는 글쓴이의 생각을 들여다볼 수 있어야 진정한 책 읽기입니다. 그것은 진지하고도 품위 있는 일이지요.

그래서 저 역시 책을 많이 읽기 위해 노력합니다. 봄볕 고운 경내의 뜰에 해바라기하고 앉아 경서를 읽는 모습을 상상해 보시지요. 서방정토가 따로 있다 여겨지지 않더이다. 여기가 바로 극락이구나 하는 깨달음도 있더이다.

날마다 책을 읽고 그것을 어기지 않는 노력이 제게는 바로 수행입니다. 무엇이든 하나를 제대로 하기 위해서는 대단한 노력이 필요합니다. 그 책장 갈피에 녹아 있는 인류의 생각과 진실을 찾아내기 위해 땀을 흘려야 하지요. 이것 또한 수행의 하나입니다.

많은 책을 탐독하면서 지혜의 눈이 열립니다. 누구나 그러리라고 봅니다. 책을 통해 열린 지혜의 눈은 새로운 지혜를 만들어 줍니다. 이를 통해 선인들의 생각과 나의 생각을 비교하게 되지요. 선인의 생각에 나의 생각을 접목시켜 또 다른 세상을 만드는 것이지요. 그것은 또 한 제게 글을 쓰는 일로 이어져, 또 하나의 수행 과정이 되었습니다.

남이 쓴 글을 진지하게 읽는 것도 힘든 일이라 할 만하지만, 제가 직접 원고지 한 칸을 메우는 작업 역시 살을 깎는 고통입니다. 물론 처음에는 생각을 간단히 담아 보는 정도였지요. 그것이 계속되다 보니 그 분량이 많아졌고, 그럴수록 쌓이는 긴장감은 제게 신선한 충격을 안겨주었습니다. 글 쓰는 양이 많아지니 자연히 생각도 많아지고 깊어지게 되더군요. 그래 그것을 책으로 엮으니 하나의 이정표가 되었지요. 살아갈 지침을 글 안에 담고, 하여 그 길에서 빗나가지 않으려고 노력하는 것, 이것 또한 수행이라 여깁니다.

그동안 몇 권의 책을 썼습니다. 시도 쓰고, 소설도 썼으며, 불교 서적도 집필했지요. 한 분야에 치우치지 않고 글을 쓰는 일이란 여간한 일이 아니더군요. 그것은 자신을 다잡지 않으면 안 되는 일이고, 그렇지 않으면 할수록 힘이 드는 일이라는 것을 근래에 와서 더욱 실감합니다.

나이가 들수록 생각도 더디고 글을 쓰는 발랄함도 무뎌지는 듯해서 속상하지만, 이 또한 나이가 들수록 정진하라는 계시로 여깁니다. 그래서 오늘도 이렇게 글을 쓰고 있습니다. 한 생각을 갈무리해 원고지 속에 담아 그것을 책으로 엮어내는 일, 참으로 힘든 과정입니다.

그러니 책을 접하는 불자, 독자 여러분들은 책 앞에서 숙연해져야 합니다. 글쓴이의 노고를 인정해 주면 고맙겠습니다. 어떤

이는 애써 책을 건네면 성의 없이 받아들기만 합니다. 그러면 저도 사람인지라 서운한 마음도 들더이다. 지나가는 말이라도 "스님, 책 쓰시느라 수고하셨어요." 하면 듣는 이가 얼마나 좋은가 생각해 보세요. 남이 써놓은 글은 읽기 쉽습니다. 그러나 글쓴이는 한 줄의 글을 쓰기 위해 산고를 치릅니다.

그렇다고 책을 엮어야겠다는 생각을 하고 글을 쓰는 것은 아닙니다. 하루하루 수행하는 마음으로 세상 얘기를 원고지 속에 담아내다 보니 한 권의 책을 묶을 수 있는 정도가 되는 것이지요. '같은 값이면 붉은 치마'라는 말도 있듯이 이왕이면 제 생각을 많은 사람들과 공유하고 싶고, 그래서 그동안 쓴 글들을 추려 묶다 보니 한 권의 책이 되는 거지요.

마치 이 글이 이 책에 대한 후기처럼 되어 버렸네요. 처음 이 글을 시작할 때는 책에 대해 그동안 제가 생각했던 내용을 차근차근 이끌어볼 생각이었는데 이야기하다 보니 마치는 글처럼 되어 버렸습니다. 글이란 게 이렇게 힘이 듭니다. 수행을 하면서 한순간 빗나갈 수가 있듯이 글도 그래요. 그러니 제가 자꾸 글을 쓰는 일을 수행의 과정이라고 말씀드리는 거지요.

이 글을 빌어 글을 쓰는 모든 분들께 위로의 말씀을 전합니다. 그대의 노력은 결코 헛된 것이 아니라고요. 그대의 생각이 이 세상을 밀고 가는 물결이라고요. 이 말씀을 꼭 드리고 싶습니다.

여러 스님들이 좋은 글을 써 많은 분들한테 깊은 감동을 주고 있습니다. 그분들을 볼 때마다, 그분들이 쓴 글을 읽을 때마다 같은 불자로서, 또한 글쓰기의 어려움을 공감하기에 항상 친근한 벗처럼 느껴집니다. 특히 법정 스님의 글은 제게도 많은 위로가 되었고 마음의 큰 양식이 되었음을 고백합니다. 삼중 스님의 중생을 위한, 특히 재소자를 위한 피나는 노력은 언제나 존경이 우러날 따름입니다. 살아 있는 부처님이라 여깁니다. 그분들이 원고지에 담아내는 이야기가 모두 지혜요, 생생한 말씀입니다.

제 글은 아직 여물지 못했습니다. 물에 담가 놓은 볍씨에 불과합니다. 그것이 속에서 열기로 터져 싹을 틔워야 비로소 한 생명이라 할 만한데, 제 글은 아직 더욱 많은 수행이 필요함을 깨닫습니다.

서툰 글들이 모여 책으로 엮일 때마다 떨리더이다. 출가하기 전에, 좋아하는 이성으로부터 연애편지를 받았을 때의 그런 떨림을 여러분도 짐작하겠지요? 제가 꼭 그렇습니다. 하루하루 연속이지만 이렇게 어떤 획이 그어지는 때가 오면 괜히 온몸이 떨리지요.

이제 이 글을 접습니다. 낮에 사람들과 즐거운 씨름을 하고 나서 밤에 글을 쓰게 되는 터라 글을 마칠 때쯤 삼경이 넘었습니다. 벌써 절간 식구들은 잠이 들었습니다. 제 친구인 나무 보살님들도 잠이 들어 움직이지 않는 때입니다. 이슬이 소리 없이 내려와 앉습니다. 멀리 세상의 불빛들이 가물거리는군요. 이렇게 늘 아름다움을 느낍니다. 이런 풍경을 제가 누리는 것에 늘 감사합니다.

이 밤, 별들이 유난히 밝습니다. 님들의 영혼에 안기는 별빛, 오늘 하루도 고생 많이 하셨습니다. 남은 시간 편히 쉬소서. 그리고 마침내 성불하소서.

4장
아름다운 사람

(헤드라인뉴스 선정)

실천하는 사람이 되고 싶었다. 대중들 속으로 과감히 들어가 비록 미흡하나마 전법 구도의 길 위에 서기를 바랐다. 이제 나를 필요로 하는 곳이면 어디든지 달려가 석가의 말을 전하리라.

1부

출가의 道
설산스님, 길을 떠나다

세상의 빛이 되고 싶었다.
제 몸을 태워 세상을 밝히는 촛불 같은 그런 삶을 살고 싶었다.

어린 시절, 설산스님의 가슴에 아로새겨진 말이 있었다. "너는 세상의
빛이 되거라." 수십 년이 지난 지금도 스님은 이 말을 되새기며 하루를
시작한다. 세상을 밝히는 것이 자신의 소임임을 온전히 받아들이며 늘
그렇듯 미소를 가득 담은 얼굴로 세상을 향해 또 한 걸음 내딛는다.

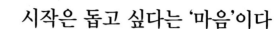

시작은 돕고 싶다는 '마음'이다

아련히 떠오르는 어린 시절을 돌아보면, 스님은 어쩌면 지금의 길이 운명이 아니었나 하는 생각이 든다. 부처가 무엇인지도 몰랐던 시절, 스님은 어머니를 따라 절을 다녔다. 호기심 가득한 눈으로 암자의 이곳저곳을 돌아다니며 나무로 만든 부처님을 만져보던 어린 스님은 그저 법당의 고요함이 좋았다. 세상의 번뇌를 어루만지는 듯한 목탁 소리, 영혼의 울림과도 같은 풍경소리, 속세와의 무욕한 인연을 구하는 불경소리가 어우러진 산속의 작은 암자는 스님에게 평온한 마음을 갖게 했다. 당시 어린 나이임에도 이곳에서 살았으면 좋겠다는 생각이 문득 들 정도로 스님에게 절은 왠지 친근했다.

　아버지를 일찍 여의고 가족을 위해 끊임없이 기도하는 어머니의 뒷모습이 부처의 모습을 닮았다는 사실을 어렴풋하게 기억하는 스님은 스스로도 깨닫지 못하는 사이에 자연스럽게 부처께로 다가가고 있었다.

　처음 부처의 말씀을 접했던 것은 중학교를 다닐 때였다. 어머니가 자주 가던 암자의 스님이었던 작은할아버지는 설산스님에게 천수경을 가져다줬다. 천수경은 관세음보살이 부처에게 청하여 허락을 받고 설법한 경전이다. 본래 명칭은 「천수천안관자재보살광대원만무애대비심대다라니경」으로 '한량없는 손과 눈을 가지신 관세음보살이, 넓고 크고 걸림 없는 대자비심을 간직한 큰 다라니에 관해 설법한 말씀'이라는 뜻이다. 작은할아버지는 어린 스님에게 천수경과 함께 "사람은 지혜의 밥을 먹고 산다."는 말씀을 건넸다. 그것이 무슨 뜻인지도 몰랐던 스님이지만 웬일인지 천수경이라는 책에 눈길이 머물렀다. 그리고 그 말씀들을 마음에 담고 싶었다. 스님은 그날로 천수경을 달달 외기 시작했다. "지금 생각하면 그 어려운 법문들을 무슨 생각으로 죄다 외우려 들었는지 의아하지만, 당시에는 틈만 나면 책의 구절들을 소리내어 읽고 또 읽어 머리에 채워두려 했다."는 설산스님. 나중에서야 알았지만 이 법문은 널리 일체중생을 이롭게 하고 천인(天人)·아수라(阿修羅)를 안락하게 하고자 설하며, 과거·현재·미래의 모든 부처가 이 법문으로 인해 정등정각을 얻는다고 한다. 작은 할아버지는 어린 시절 스님에게 지혜의 밥을 먹을 수 있는 길로 인도하셨다. 작은할아버지가 전하고 싶었던 것은 바로 '세상의 빛을 밝히는 사람이 되라.'는 것이었다. 그래서일까. 그 이후 스님의 길은 마치 이미 그렇게 정해진 것처럼 흐른다.

길은 사람 사이로 흐른다

부모님을 일찍 여의고 지독한 외로움을 견딜 수 있었던 것은 작은할아버지가 전하는 부처님의 말씀이었다. "작은할아버지야말로 내 일생에 중대한 전환점 역할을 한 분임을 부인할 수 없다."라고 스님은 고백한다. 그러나 그때까지만 해도 스님은 자신이 승려가 될 수 있을 거라는 생각은 하지 못했다. 다만 부처의 말씀을 들을 때면 마음이 평화로워지고 온화해질 수 있었다.

스님이 서울행 열차에 몸을 실은 것은 더 큰 세상을 보고자 함이었다. 청년이 된 설산스님은 세상이 궁금했다. 어떤 사람들이 어떻게 살고 있는지 보고 싶었다. 어렵게 마련한 돈을 주머니에

단단히 넣고 조치원역으로 향하는 스님의 마음은 설렘으로 가득 찼다. 그러나 도착한 역에는 굶주린 거지들이 지나가는 사람들에게 구걸을 하고 있었다. 모두들 그들을 피해 걸음을 재촉할 때 스님은 그들에게 다가갔다. 어렸을 때부터 불우한 사람들을 보면 그냥 지나치지 못했던 스님이었다. 자신은 굶어도 친구에게 도시락을 나눠주던 스님은 이번에도 그랬다. 스님은 서울에 가려고 마련한 돈을 모두 그들에게 적선했다. 당시를 회상하며 스스로도 참 어이없는 행동이었다고 미소 짓는 스님, 그러나 그때는 다만 그들이 한 끼라도 배고픔에서 벗어날 수 있다면 그것으로 그만이었다. 다른 건, 특히 자신에 대한 것은 어떻든 상관없었다. 나는 어떻게든 살 수 있지만 그들에게 내 도움은 절실한 것이기 때문이다."라고 스님은 말한다. 그렇게 서울역에 도착했지만, 무일푼이었던 스님은 갈 곳이 없었다. 당장 자고 먹을 때가 없어 어쩔 수 없이 서울역 부랑자들 사이에 섞여 생활하기 시작했다. 하루가 지나고, 이틀이 지나면서 비참한 그들의 삶을 어느 때보다도 가까이에서 지켜보았던 스님은 이대로는 안 되겠다는 결심을 하게 된다. 돕고 싶다는 마음이 솟구쳤다. 그들과 하나 다를 바 없는 생활이었음에도 스님은 그들을 돕겠다는 의지로 서울역 밖으로 뛰쳐나왔다.

공사판을 찾아가 막노동을 시작했다. 하루 일당을 받아 서울역의 부랑자들에게 빵이며 우유를 나눠주자, 처음에는 이상한 눈초리로 쳐다보던 사람들이 하나둘 스님에게 다가왔다. 그들은 어느새 스님을 기다리고 있었다. "누군가를 돕는다는 것은 진정으로 돕고자 하는 사람을 존중하는 마음이 중요한 것"이라는 스님의 말에서 그들을 진심으로 대한 스님의 마음이 느껴진다. 스님은 서울역 찬 바닥에서 자면서 하루도 거르지 않고 일을 나갔다. 아침에 일어나는 일이 점점 힘들어졌지만, 자신을 기다리는 이들을 생각하면 내 몸 하나 힘들다고 게으름을 피울 수 없었다. 그것은 책임감도 의무감도 아닌 마음에서 일어나는 자비심이었다.

그러나 계속된 노동으로 몹시 지친 스님은 결국 몸져눕고 말았다. 정신이 아득해져 일어날 수도, 음식을 먹을 수도 없는 날들이 이어졌다. 간혹 정신이 들 때면 끊임없이 부처님께 기도하던 어머니의 뒷모습과 작은할아버지 생각이 났다. 작은할아버지가 전해준 천수경과 경전을 손에 꼭 쥔 채, 어느새 스님은 부처를 생각했다. "부처님, 만약 저에게 불법을 깨닫게 될 기회가 주어진다면, 모든 사심을 버리고 수행의 길을 택할 것입니다."

그렇게 얼마의 시간이 흘렀을까. 그동안 스님에게 도움을 받았던 사람들, 같이 공사판에서 일했던 인부들이 스님을 찾아오기 시작했다. 자신의 형편도 딱한 사람들이 음식이며, 약을 가져다주었다. 스님은 지금도 그때의 일을 떠올리면 가슴이 뭉클하다. "그들이 아니었다면 나는 그때 죽었을지도 모른다. 그들은 내게 눈물겹도록 고마운 사람들이다." 스님은 이렇듯 도움이란 어떤

한 사람을 살릴 수도, 죽일 수도 있다는 것을 깨달았다. 또한 나 자신에 대한 욕심을 버리고 나눌 수 있는 삶을 아는 것, 그것을 그들에게서 배웠다고 말한다. "나는 굶주린 자들을 위해 몸을 이용해 번 돈을 썼지만, 그들은 내 평생에 다시 얻기 힘든 큰 깨달음을 주었다."고 말하는 설산스님. 스님은 받은 사랑, 받은 은혜 모두 돌려주고자 부처님께로 귀의한다. 어쩌면 운명일지 모르는 그 길에 스님은 그렇게 들어섰다.

빛을 밝히는 길에 서다

설산스님이 불제자가 되기까지는 그간 만난 사람들과의 인연을 통해 있었다. 잠시 잠깐 스쳐갔던 모든 사람들이 스님에게는 모두 스승이었다. 그러나 막상 출가의 길로 들어선 스님은 이은홍이라는 속명을 버리는 일이 쉽지 않았다. "하루종일 힘든 일을 견디며 속세의 인연을 지우는 수행을 해나갔다. 지워야 할 내 속세의 이름 속에는 나와 수많은 관계들이 숨어 있었다."고 말하는 스님은 모든 것을 비워내기란 나 자신을 버려야 하는 것임을 그때는 몰랐다고 고백한다.

행자 생활은 하루하루 몹시도 고된 생활의 연속이었다. 공양

지으랴, 큰스님 시중에, 청소며 빨래까지. 그러나 가장 힘들었던 것은 물지게를 지고 물을 나르던 일이었다. 상수도가 없던 시절 아랫마을까지 내려가 물을 길어와야 했다. 가물이라도 들면 산자락을 끼고 돌아 또 논두덕을 지나 물을 길어왔다. 처음에는 비틀비틀 중심을 못 잡고 반은 쏟아버렸다.

　몸은 삭신이 안 쑤신 곳 없이 여기저기 비명을 질렀다. 겨울이면 손, 발에 동상이 걸렸고, 어두워진 산길과 논두덕을 몇 번이고 오갈 때면 쏟아지는 눈물을 참느라 애를 썼다. 그러나 이러한 고통은 잡념을 버리기 위한 것이었다. 몸은 힘든데 이상하게 까맣게 타들어 가던 마음은 점차 안개가 걷히듯 조금씩 환해지고 있었다. 스님은 그때 비로소 비움의 깨달음을 구할 수 있었다. 중생과 부처가 둘이 아니듯, 미망과 깨달음도 둘이 아니라 곧 하나다. 그 삼라만상의 번뇌를 쉬게 하면 바로 해탈이 된다는 것을 그때는 몰랐다. 번뇌를 쉬게 하는 것, 그것은 모든 것을 놓아버리는 것이었다. 스님은 그러한 '놓아버림'을 실천에 옮기고자 세상으로 뛰어들었다. 나를 버리고 너를 구하고자.

2부

수행의 道

나를 버리고, 세상과 만나다

세상에서 제 몸 하나 밝히는 방법이야 한 두 가지가 아니겠지만, 마음
깊숙한 곳으로부터 자신을 빛나게 하는 삶이란 쉽사리 찾기 어려운 것
이리라.

늘 먼저 마음이 움직였던 스님이었다. 중생을 구원하겠다는 일념으로
불제자가. 되었지만 그것을 실천하지 못하는 자신을 보며, 스님은 개탄
했다. '나는 지금 무엇을 하고 있는가?' 끊임없는 물음 속에서 고뇌하
던 스님은 결국 세상으로 뛰어들었다. 그곳에는 스님을 기다리는 소외
된 자들이 넘쳐나고 있었다. 스님의 가슴은 세차게 뛰기 시작했다.

첫걸음, 스스럼없이 다가가기

설산스님은 승려가 산속으로 들어가 수행에 매진하는 것도 중요하지만 대중들 속에서 부처님의 말씀을 전하는 일도 중요하다고 생각했다. 그런 스님의 모습은 신라시대의 원효를 닮았다. 원효는 자신의 수행에 만족하지 않고 중생 속으로 들어가 또는 수행의 결실을 중생에게 돌리는 적극적 실천행을 추구했다. 한 줄의 경문이라도 타인을 향해 다시 베풀고자 했던 원효는 전 민중에게 회향(回向)하고자 승려의 위의(威儀)를 버리고 빈민들 속에서 생활했다. 늘 "소외된 자들을 돕는 것이 불제자로서 당연한 일"이라고 말하는 스님은 그렇게 원효를 닮아 있었다. 그러한 실천행을 자신의 길로 여긴 스님이지만 사람들 속으로 들어간다는 것은 그리 쉽지 않았다. 무엇이 대중구원의 길인지 그때는 막막하기만 했다. 무엇부터 시작해야 할 것인가. 스님은 그때부터 틈틈이 승려로서 대중을 위해 무엇을 할 것인가 메모하기 시작했다. 또한 승려로서의 몸가짐을 조심하는 한편, 스스로 능력을 키우고 역량을 넓힐 때만이 대중에게 자신 있게 다가설 수 있다는 것을 깨닫고 수행에 정진했다. "나는 나이면서 나를 버려야 하고, 내가 아니면서 나를 이해해야만 했다."고 말하는 스님의 말에 당시의 번뇌의 괴로움이 어렴풋하게나마 전해진다.

그렇게 수행에 정진하며 여러 날을 보내던 중 스님은 한국을 방문한 테레사수녀의 모습을 TV로 보았다. 그녀의 삶은 온통 사랑·봉사·희생으로 가득 차 있었다. 스님은 그녀를 보며 스스로에게 물었다.

"나는 지금 무얼 하고 있는가?"

스님은 이제 수행의 결실을 돌릴 때가 왔다는 것을 스스로 깨달았다. 방에서 생각만 할 것이 아니라 세상으로 뛰어드는 것, 혼자서 나누기보단 십시일반 손길을 모아 더 많은 사람들에게 도움을 주는 것, 그것을 시작해야 할 때였다.

설산스님은 그해 '한국불교 사회봉사회'를 창립했다.

베풀고 사랑하고 나누고

스님은 평소 '알몸'이라는 말을 강조한다.

"우리는 알몸으로 태어나서 평생을 살다 세상을 마칠 때에는 빈손으로, 알몸으로 겨우 주머니도 없는 수의 한 벌 입고 돌아간다. 그런데 무엇에 집착하며 무엇을 위해 욕심을 부린단 말인가." 스님의 이 같은 신념은 '한국불교 사회봉사회'의 활동을 통해서 나타난다. 가난과 소외 그리고 고통받는 우리의 이웃을 위해 자비를 베풀고, 고통과 괴로움을 나누는 것이 불교가 해야 할 일이라며 어려운 일이 생길 때마다 스님과 봉사자들은 두 팔을 걷어붙이고 사고현장으로 달려간다.

삼풍백화점이 무너졌을 때, 물난리 나고, 사고가 발생한 지역에는 언제나 '한국불교 사회봉사회'가 있었다. 스님과 봉사자들은 이재민들에게 밥과 라면을 끓여주었다.

그뿐만 아니라 천불장학회는 불우한 가정형편 때문에 공부를 제대로 할 수 없는 학생들에게 장학금을 지급하기도 한다. "비록 적은 액수지만 그들에게 사회에 대한 희망을 주고 싶다."는 설산스님.

이렇듯 앞장서서 봉사와 사랑을 나눈 스님이 본격적으로 시작했던 활동은 무료합동결혼식이었다. 한 신도의 집에 찾아갔다가 우연히 부부의 결혼사진을 본 것이 계기가 되었다. 다른 사람의 결혼사진에 신도 부부의 얼굴을 오려다 붙인 어색한 결혼사진은 스님을 안타깝게 했다. 돈이 없어서 결혼식을 올리지 못했다는 부부를 위해 스님은 결혼식을 준비했다. 예복을 빌리고, 신부화장에, 주례는 스님이 맡았다. 그날 결혼식을 올린 신도는 평생의 한을 풀게 해주어 감사하다며 눈물을 쏟았다. 그 눈물이 스님의 가슴에 지금도 아련히 남아있다. 그 후로 스님은 일주일에 두세 쌍을 선정해 무료결혼식을 올려주었다. 비용 일체는 '한국불교 사회봉사회' 회원들의 회비로 충당했다. 다른 사람의 일을 내 일처럼 하기란 말처럼 쉽지 않음을 스님은 누구보다 잘 알고 있다. 그렇기에 남을 위하는 일에 비켜서지 않고 오히려 앞장서는 회원들과 봉사자들을 스님은 '부처님들'이라고 부른다. 자비의 마음이 부처와 똑 닮았기 때문이다. 한마음 한뜻의 봉사자들과 회원들이 있었기에 스님은 비록 가진 것은 부족했지만 더없이 풍요로운

스님은 무료합동결혼식을 올려준 사람들을 하나하나 가슴에 담고자 사진들을 모아놓았다.

마음으로 그들을 축복해주었다. "지난 39년 동안 1,000여 쌍의 결혼식을 할 수 있었던 것은 모두 우리 부처님들 덕분이다."며 설산스님은 자비로운 미소를 짓는다. 39년 무료결혼식을 시작하고 얼마 지나지 않아 스님은 영혼결혼식을 올려주게 되었다. 죽은 영혼을 천도해주는 일에서 더 나아가 시작하게 된 영혼결혼식은 스님에게 또 다른 보람을 주었다. 영혼결혼식은 죽은 처녀, 총각을 맺어주거나 경제적 형편 등의 이유로 혼례를 올리지 못하고 살다가 한쪽이 먼저 세상을 떠난 경우 등 죽은 영혼들을 위한 결혼식을 말한다. 그 성격상 주례를 하는 스님도, 지켜보는 가족들도 가슴이 저미는 것은 어쩔 수 없다. 그러나 가족들은 혼례를 치른 후 죽어서나마 부부의 연을 맺을 수 있도록 도와준 스님에게 말로 다 못 할 감사를 전하기도 한다. 한 번은 영혼결혼식을 올려달라는 급한 전화를 받고 장례식장으로 달려간 적이 있었다. 도착한 곳에는 영정사진 속의 신랑과 눈물을 머금은 채 한복을 곱게 입은 신부가 스님을 기다리고 있었다. 살아있었다면 그날은 신랑·신부의 결혼식을 올리기로 되어있던 날이었다. 결혼식 이틀 전날 교통사고로 목숨을 잃은 신랑과 울음을 터트리기 직전의 신부의 영혼결혼식이 시작되었다. 스님도 애써 눈물을 참고 있었지만 목이 메여 주례사를 한동안 할 수 없었다. "이것도 내가 전생에 신랑과 신부가 지은 인연의 업이겠거니 생각하니 가슴이 미어졌다." 말하는 스님. 이렇듯 영혼결혼식은 늘 스님의 마음 한구석을 아프게 누른다. 그럼에도 스님이 영혼결혼식을 다른 어떤 일들보다도 우선순위로 두는 것은, 죽은 영혼이 세상에 갖고 있던 모든 집착과 원결을 풀어버리고 부처님께 귀의하기를 바라는 마음이 있기 때문이다. "이 세상에 미련이 남아있으면 다음 생을 향해서 떠나지 못한다."고 전하는 스님은 돈이 없어서 천도재나 영혼결혼식을 올리지 못하는 이들에게 도움이 되고 싶다는 말로 끝을 맺었다. 늘 스님과 함께 봉사에 앞장서는 '한국불교 사회봉사회'는 이제 '사단법인 21세기 한국사회봉사회'로 명칭을 바꿨다. 굳이 불교에만 머무르지 않고 종교를 뛰어넘어 사회에 봉사하고자 하는 마음이 합일된 결과였다. "진정한 종교인들이라면 모든 것을 떠나 '희생과 봉사와 사랑'이라는 하나의 통로에서 만나는 것이다."라고 스님은 말한다.

죽은 자의 넋을 위로하며 영혼결혼식 주례를 하는 설산스님

'나누어 주는 것'에서 '나누어 먹는 것'으로

누구나 자기 혼자서는 살아갈 수 없고, 도움을 통해 더불어 살아간다. 이러한 생각으로 스님이 무료급식소를 시작한 것은 IMF 직후였다. "제때 식사도 하지 못하고 하루 한 끼도 먹기 어려운 사람들을 볼 때면 내 손이 얼마나 작은지 원망스러웠다."는 스님, 무료급식을 위한 계획은 그렇게 시작되었다.

스님은 종로 탑골공원과 종묘공원에서 자리를 잡고 무료급식을 시작했다. 한 명이라도 더 보시의 손길이 미치기를 바라는 마음뿐이었다. 그러나 얼마 지나지 않아 구청 직원들이 찾아왔다. 그들은 공원 환경을 해친다는 이유로 무료급식을 하지 않는 것을

원했다. 서운한 마음이 들었지만, 스님은 할 수 없이 다른 장소를 찾기로 했다. 돕는다는 이유로 혹여 다른 이들의 눈살을 찌푸리게 한다면 그 또한 진정한 보시가 될 수 없다며 스스로를 위로했다. 그러나 많지 않은 돈으로 장소를 구하는 것은 힘들었다. 어렵게 적당한 장소를 구해도 무료급식소를 할 거라고 하면 건물주들은 하나같이 손을 내저었다. 집값이 떨어진다는 것이 이유였다. 그렇게 장소를 찾는 데만 3년의 시간이 흘러갔다. '그러지 말아야지' 하면서도 '이제 포기해야 하나'라는 생각이 문득문득 스님을 스쳤다. 그때 우연히 한 불자가 스님을 찾아왔다.

무료급식소를 운영할 장소를 구한다는 소문을 듣고 일부러 스님을 만나러 온 불자는 자신의 건물 지하를 내어주겠다는 말을 전했다. 더욱 고마운 것은 임대료를 거의 무료로 해주겠다는 것이었다. 스님은 그때 또 한 명의 부처님을 만났다고 고백한다. "모두가 마다하는 일을 스스로 나서서 하겠다는 그 마음이 어찌 부처님의 마음과 다르겠는가."

그렇게 해서 백련자비원 무료급식소가 문을 열었다. 급식소는 65세 이상 노인들과 국민기초생활수급자들에게 월요일부터 금요일까지 점심 식사를 제공한다. 오전 11시 30분에 급식을 시작하는데, 할머니 할아버지들은 9시부터 미리 줄을 서서 기다린다. 눈이 오나 비가 오나 급식 시간을 기다리는 할머니 할아버지를 보면 스님은 가슴 한쪽이 저며온다. "그분들에게는 이 한 끼가 하루 세끼나 다름없다."고 말하는 스님. 그것을 알기에 밥이 모자라 어쩔 수 없이 기다리던 노인분들을 돌려보낼 때가 제일 마음이 아프다고 한다. 하루에 큰솥으로 3번 밥을 짓는데도, 늘 양은 부족하다. 추가로 밥과 반찬을 더 달라는 할머니 할아버지들에게 더 드릴 수 없을 때면 스님도 봉사자들도 죄송한 마음에 가슴이 아프다. 그래서 얼마 전부터는 라면을 비치해 놓았다.

급식소를 운영한 지 올해로 19년, 사람들의 수많은 사연이 스님의 가슴에 남아있다.

늘 제일 늦게 점심을 먹는 할머니가 있었다. 스님은 그 할머니와 종종 말벗을 해드리곤 했다. 아들, 며느리, 손녀와 함께 사는 할머니는 폐지를 주워 네 식구를 먹여 살리는 집안의 가장이었다. 아들은 교통사고로 다리 한쪽을 잃었고, 며느리는 몸이 약해 일을 할 수 없었다. 7살 난 손녀가 배가 고프다고 칭얼거리면 할머니는 급식소에서 밥을 얻어다 먹이고는 했다. 그 사연을 들으며 스님은 할머니와 함께 눈물을 훔쳤다.

밥과 반찬을 담은 그릇을 건네는 스님에게 감사하다며 이마가 땅에 닿도록 인사를 하고 돌아가던 할머니의 뒷모습이 아직도 눈에 선하다.

그렇게 매일 봉사자들과 함께 이곳에서 할머니 할아버지들을 맞는 스님은 무엇보다 지금처럼 급식소가 자리잡히기까지 함께 해준 봉사자들에게 감사의 마음을 전한다. "가끔 나 스스로도 힘들다는 생각이 들 때, 늘 한결같은 마음으로 어르신들을 대하는 봉사자들을 보면 정신이 번쩍 든다. 그들이야말로 나의 진정한 스승이다."라는 설산스님. 이곳에서 일하는 봉사자들은 불자도 있고 기독교, 천주교인들도 있다. 종교를 떠나 봉사에 나서는 그들은 정신없이 바쁜 와중에도 짜증을 내는 기색 하나 없이 늘 웃는 낯으로 노인분들을 대한다. 반찬 투정하는 할머니에게 편식하면 안 된다며 친딸처럼 걱정을 하고, 혼자 오는 분에게는 따뜻한 말 한마디 먼저 건넨다. "할머니 할아버지들이 필요한 것은 한 끼의 식사뿐 아니라 마음을 나눌 수 있는 사람이다."는 스님의 생각이 저절로 그들에게도 자리잡은 것이다.

사람들은 스님에게 고생을 자초하는 바보 같은 스님이라고 부른다. 그러나 스님은 이 고생이 너무나 즐겁고 행복하다. "나는 전생에 남의 도움을 많이 입었던 것 같다." 무료급식소를 운영하는 것은 남으로부터 받은 빚을 갚기 위한 당연한 몫이다."라고 말하는 설산스님의 얼굴에는 자비로운 미소가 걸려 있다.

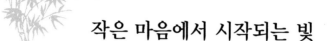

작은 마음에서 시작되는 빛

　날마다 아픈 마음, 아픈 상처, 아픈 몸을 이끌고 급식소에 들어서는 분들을 스님과 봉사자들은 가족처럼 맞는다. 스님은 목숨이 다할 때까지 그들의 든든한 울타리가 되고, 싶다고 말한다. "이 시대를 살아가는 사람들은 배고픔에 대해 잘 모른다. 그러나 우리 주변에는 한 끼의 식사도 하지 못하는 사람들이 많다. 그들을 생각하는 작은 마음이 행동으로 옮겨지면 세상은 지금보다 훨씬 더 밝아질 것이다."라고 전하는 스님.

　오늘도 스님은 시간에 맞춰 급식소에 나간다. 봉사자들은 쟁반을 나르는 스님을 한사코 말리지만 스님은 자신이 해야 마음이 편하다며 팔을 걷어 부친다. "그분들은 나의 어머니고 아버지다."는 말을 남기고 밥이 가득 담긴 쟁반을 들고 일어섰다.

그 뒷모습을 바라보며, 설산스님이 가진 소박한 꿈 한 가지가 떠올랐다.

하루 한 끼가 아니라 세끼를 어려운 사람들과 나눌 수 있는 여유와 어르신들에게 이·미용과 목욕을 해드릴 수 있는 공간을 갖는 것이 스님의 소원이다. 그날이 오기를 부처님께 간절히 기도하는 스님은 오늘도 알몸의 진리를 몸소 실천하기 위해 사람들을 찾아 나선다.

3부

깨침의 道
너와 내가 하나임을 배우다

내가 가야 할 길은 너와 내가 만나는 곳이다. 우리가 둘이 아닌 하나임을
알 때 비로소 깨달음을 얻을 수 있었다.

설산스님이 입산을 한 지 벌써 반평생이 지났다. 그동안 수많은 사람
들을 만나고, 사랑하며 스님이 깨달은 것은 '우리가 둘이 아닌 하나라
는 것'이다. 많은 사람들이 살아가는 데에만 급급해 이런 진리를 모르
고 가는 것이 안타깝다는 스님. 이제는 더 많은 이들과 함께 사람과 봉
사를 나누고 싶다고 전한다.

사랑한 자락, 나눔 한 자락

스님은 사람이 태어나서 사람 노릇 하고 살아가기가 쉽지 않다고 말한다. 그러면서 "덧없는 인생에 있어서 가치 있는 길은 나보다 이웃을 먼저 생각하는 일이다."는 말로 현대를 살아가는 우리들의 이기와 오만에 경종을 울린다. "누군가 제게 사는 것이 무엇이냐고 묻는다면, 베푸는 것이라고 말하고 싶다."라는 스님의 말에 저절로 고개가 숙어진다.

사실 도움이란 말처럼 쉽지 않다. 마음에서 우러나올 때만이 그 빛을 발하기 때문이다. 그러나 어떤 사람은 체면을 생각해서 보시를 하고, 또 어떤 사람은 주위 사람들의 칭송을 듣기 위해 보시를 한다. 하지만 남이 알아주기를 바라고 하는 보시는 진정한 보시가 될 수 없다고 스님은 말한다. 나를 내려놓고 그들에게 다가서는 것, 그것이 '보시'의 시작이라고.

이러한 이념으로 시작했던 '21세기 한국사회봉사회'는 차츰 그 활동 영역을 넓혀가 보육원, 양로원, 교도소는 물론이고 어려움을 겪고 있는 이웃들에게 그 혜택을 베풀고 있다. 이를 이끌어온 힘은 뒤에서 묵묵히 응원해주는 후원자들의 도움이었다. 오천 원이든 만 원이든 후원해주는 사람들의 고마움은 말로 다 표현할 길이 없다. 스님은 중요한 것은 액수가 아니라 진심이 담긴 그 마음이라고 말한다. "그들과 내가 하나라는 생각, 그들과 함께 가는 길 위에 설 때, 우리 사회는 조금 더 살기 좋은 곳이 될 것이다."

수많은 봉사활동을 하면서 사랑과 나눔에 뜻을 두고 살아온 스님이지만 스스로 봉사니 양심이니 이야기할 자격이 있는지 의문이라고 말하는 설산스님. 아직도 우리 곁에는 손길이 미치지 못하는 아픔과 상처로 얼룩진 사람들이 많기 때문이다. 어떻게 이들을 구원할 것인가, 스님은 이 의문을 화두로 삼고 앞으로 나아가고 있다. 그러나 욕심이 많아지면 그것도 집착이리라, 스님은 다만 지금의 조건에서 최선을 다해 소외된 이웃을 돕자는 다짐을 한다.

사는 데 많은 게 필요한 건 아니다

봉사의 삶이라는 가파른 비탈길 위에서 스님은 여전히 스스로를 비우는 중이다. '나를 버리고 너를 구하는 삶'이 부처님께서 주신 자신의 운명이라 여기고 나를 벗기 위한 수행을 게을리하지 않는 것이다. 터득한 진리를 미약하나마 실천에 옮기고 대중 속에서 그들과 함께 울고 웃는 삶을 살고 싶다는 설산스님은 "다른 이들과 나눌 수 있는 마음이면 충분하다."고 말한다. 이 같은 마음을 지닌 스님이기에 급식소에서 할머니 할아버지들에게 전하는 밥 한 그릇에는 따뜻하고 배부른 '정'이 담겨 있다. 내 어머니, 아버지라는 생각을 하면 저절로 힘이 솟는다는 스님은 효의 가치가 점점 퇴색되어 가는 현실이 못내 안타깝다. 스님의 거처에 걸어놓은 작가 미상의 시 '효(孝)'는 그러한 스님의 마음이 고스란히 담겨있다.

효孝

나 늙어 노인 되고
노인 젊어 나였으니
나와 노인
둘 아니고 하나로다
인생은 영원한 것
나 젊음 다 바쳐 노인 공경하고
위로하여 영원한 나의 삶
여기에
행복과 보람 있으리

자신의 안위보다는 소외된 이들을 먼저 생각하는 스님은 그러나 자신은 아무것도 한 게 없다고 한사코 손을 내젓는다. "나는 내가 가진 것을 조금 베푸는 것이지만, 그들은 나에게 삶의 깨달음을 가르친다."며 더 없는 겸손으로 사람들을 찾아간다.

　이 같은 스님의 사랑과 봉사 정신을 높이 산 사람들의 추천으로 스님은 40여 년 동안 크고 작은 상 약 25개를 받았지만, 부끄럽다고 말을 안 하신다. 스님이 평생을 바친 봉사에 대한 노력이 깃든 상이라 그 의미가 깊다. 그러나 스님은 승려로서 베풂과 보시는 당연한 것이 아닌가. 다만 내가 쌓은 공덕이 조금이나마 있다면, 이 공덕이 나보다 힘든 이들, 외롭고 가난한 이들에게 회향하기를 바란다."며 말을 마쳤다. 다시 태어나도 구도자의 길을 택할 것이라는 스님은 다음 생에서도 남을 위해 베풀고, 진리를 나누는 삶을 살 것이라고 말한다. "내게 많은 가르침을 베풀어주신 분들에 대한 보답으로 다시 걸망을 메고 세상에 나가는 것을 두려워하지 않겠다."라며. 누가 알아주지 않아도 묵묵히 소임을 다하는 스님이 있기에 조금은 이 사회가 빛나고 있는 것은 아닐까. 스님과 끝인사를 나누고 돌아오는 길, 문득 스님을 돌아보았다.

　세상의 빛이 되고 싶었던 설산스님은 자기도 모르는 사이에 스스로 빛나고 있었다.